ver!ssimo

© 2013 by Luis Fernando Verissimo

Todos os direitos desta edição
reservados à Editora Objetiva Ltda.,
rua Cosme Velho, 103
Rio de Janeiro – RJ – CEP: 22241-090
Tel.: (21) 2199-7824
Fax: (21) 2199-7825
www.objetiva.com.br

Capa
Crama Design Estratégico

Direção de design
Ricardo Leite

Design e ilustração digital
Marcelo Nitzsche

Revisão
Joana Milli
Lilia Zanetti
Ana Kronemberger

Editoração eletrônica
Abreu's System

CIP-BRASIL. CATALOGAÇÃO-NA-FONTE
SINDICATO NACIONAL DOS EDITORES DE LIVROS, RJ

V619u

Verissimo, Luis Fernando
    Os últimos quartetos de Beethoven e outros contos / Luis Fernando Verissimo. – 1. ed. – Rio de Janeiro: Objetiva, 2013.

    162 p. ; 23 cm.   ISBN 978-85-390-0521-5

    1. Beethoven, Ludwig van, 1770-1827. 2. Conto brasileiro. I. Título.

13-03097   CDD: 869.93
                                CDU: 821.134.3(81)-3

LUIS FERNANDO
ver!ssimo
Os últimos quartetos de Beethoven e outros contos

OBJETIVA

Sumário

O pôster, *9*

Os últimos quartetos de Beethoven, *21*

Bolero, *31*

Lo, *37*

Contículo, *65*

Obsessão, *69*

Memórias, *75*

A mancha, *85*

O expert, *131*

A mulher que caiu do céu, *139*

Os últimos quartetos de Beethoven e outros contos

O pôster

Uma sala de estar e de jantar de um apartamento de classe média, pequeno mas bem decorado. Uma porta aberta à esquerda mostra a cozinha, onde Maria prepara o jantar. Na sala, João está de frente para um pôster emoldurado do Che Guevara, o único quadro nas paredes. Abaixo do pôster há uma pequena prateleira com livros e CDs. Em cima da mesa de centro da sala há dois grandes livros de arte. Maria e João têm a mesma idade, quase 30 anos. Maria grita da cozinha:

— Será que esse seu André gosta de bacalhau com creme? Vai ter que gostar. É o único prato.

— Não sei.

Maria aparece na porta da cozinha.

— Ele vem com a mulher? Existe uma senhora André?

— Não sei.

— Eu botei lugares para três na mesa. Se aparecer uma senhora André, é só botar mais um. Melhor botar do que tirar. Você não acha?

— Tá bom assim.

— Que idade tem esse seu André?

— Uns quarenta e poucos. E ele não é "meu" André. É o chefe da minha seção.

— E foi ele mesmo que se convidou pra jantar aqui?

— Foi. Ele precisa escolher alguém para a vaga do pobre do Valtinho e acho que quer conhecer os candidatos mais de perto.

— Ele está se convidando para jantar na casa de todos os candidatos à vaga, antes de escolher?

— Acho que sim. Mas eu sou o primeiro.

— Ele simpatizou com você.

— É. Por isso, Má, este jantar tem que ser perfeito. Nós temos que ser um casal perfeito.

— Meu bacalhau eu garanto. O vinho branco está na geladeira. Eu prometo não arrotar ou limpar os dentes com a unha.

— Obrigado. O que você acha deste pôster?

— O Che? O que que tem o pôster?

— Ele fica aí ou a gente esconde?

— Esconder por quê?

— Porque o André pode não entender. Pode ter uma impressão errada.

— Que impressão errada ele pode ter? Que nós somos um casal de revolucionários? João, lembra daquele pôster de tourada que a tia Bela trouxe pra você da Espanha? Tinha o seu nome como um dos toureiros. E ninguém pensou que você tivesse participado mesmo de uma tourada. O pôster do Che é a mesma coisa. Um pôster do Che na parede não significa nada. Um dia pode ter significado, mas...

— Aí é que está. Um dia significou.

— E você tem vergonha do tempo em que significou?

— Não é isso. O importante é o que o André vai pensar. Ele não tem como saber se o pôster não significa mais nada, e é apenas uma peça de decoração, ou ainda significa pra mim o que significou um dia. E neste caso, adeus vaga do Valtinho.

— Esse seu André não pode ser tão tapado assim. Ele sabe que a cara do Che aparece até em tambor de escola de samba. Até em camiseta da Narcisa Sei Lá o Quê. Hoje não é símbolo de nada, é moda. A garotada que usa a cara do Che na roupa nem sabe quem ele foi.

— É, mas ainda acho arriscado deixar o Che aí. Pra que arriscar?

— Se é por isso, é melhor esconder esses livros de cima da mesa de centro também. O seu André pode não gostar.

— Por quê?

— Os livros são do Picasso e do Francis Bacon.

— E daí?

— Um comunista e um veado. E se ele examinar os nossos CDs? Muita Mercedes Sosa. Que nós nunca mais ouvimos, mas estão aí. E se der uma espiada nos livros da estante? Lembra do primeiro livro que eu te dei? Quando nós nem estávamos namorando ainda? Ele está na estante, bem à vista. *As veias abertas da América Latina*, do Galeano. Que você brincou e disse que pensava que o título fosse *As véias abertas da América Latina* e o livro fosse sobre cirurgia em idosas.

— E você não achou a menor graça.

— Não tinha graça. Na época, não tinha graça.

— Você sempre foi mais séria do que eu. Era você que me carregava para as passeatas.

— Talvez você deva me esconder do seu André também.

— Ele não é "meu" André, Má. Não entendo essa sua implicância com alguém que nem conhece. Você sabe o que significa ser escolhido para o lugar do Valtinho, que Deus o tenha? Nossa renda pode duplicar. Vamos poder trocar de apartamento. Viajar para a Europa nas férias. O que você tem contra melhorar de vida?

— Depende do que a gente sacrifica pra melhorar de vida.

— E o que nós estamos sacrificando? Esconder o pôster do Che Guevara é sacrificar alguma coisa?

— De certa maneira, é.

— Você mesma disse que um pôster do Che Guevara não significa mais nada.

— O pôster não significa nada. Esconder o pôster significa.

— Maria...

— João, quer saber de uma coisa? Faz o que você quiser. Eu vou ver o meu bacalhau.

Maria volta para a cozinha. João a acompanha com o olhar. Depois de alguns minutos, ele grita:

— Maria!

Ela aparece na porta da cozinha.

— Ahn?

— Você vai receber o André com essa roupa?

Maria se examina. Pergunta:

— Por quê? Está muito ruim?

— Por que você não bota aquele seu preto?

— Aquele com o decote?

— É.

— O que mostra os seios?

— É.

— Você quer que o seu André veja os meus seios?

— Não é isso, Maria. Lá vem você. Quero que você esteja bonita para recebê-lo.

— Com os seios à mostra, como uma oferenda.

— Não. Com toda a sua beleza em evidência. Ele vem aqui para me conhecer melhor, para ver como é a minha vida fora da firma. Como é o meu mundo. E você é uma parte importante desse mundo.

— Eu e meus seios.

— Você e sua beleza.

— E se o seu André se entusiasmar com os meus seios? Se quiser testá-los, para ver se são verdadeiros, quando você não estiver olhando? Se cochichar no meu ouvido que quer se encontrar comigo a sós para conversarmos sobre o seu futuro na firma?

João fica em silêncio.

Maria:

— É o que você quer?

— Claro que não, Má. Mas acho que você deve estar disposta a fazer um sacrifício pelo nosso futuro. Sabe quantos candidatos têm para a vaga do pobre do Valtinho? No mínimo cinco. Isto é uma guerra, minha querida. Precisamos usar todas as armas que temos.

— E você está convocando os meus peitos para a guerra.

— Não, Maria. Eu...

Ouve-se o som do interfone. João vai atender.

— Oi... Epa, pode subir. Quarto andar à direita de quem sai do elevador. Tou abrindo a porta... Abriu? Grande.

João desliga o interfone e começa uma correria. Tira o pôster da parede e o entrega a Maria.

— Rápido. Leva pro nosso quarto. E o livro do Galeano. E não esquece a Mercedes Sosa.

— Calma. Eu só tenho duas mãos.

— E troca de vestido.

— Não vai dar tempo.

— Vai, vai. Eu recebo ele enquanto você troca de vestido.

Maria sai da sala, carregando o pôster, o livro e os CDs. Deixa cair alguns CDs e volta para pegá-los do chão.

O som da campainha. João abre a porta. André é um homem de baixa estatura, cabelo grisalho, sem gravata mas elegantemente vestido com um blazer azul-marinho.

JOÃO: Aí está ele!

ANDRÉ: Mr. John. How are you?

— Bem, bem. Vá entrando. Senta naquela ali, que é a mais confortável.

— Que apartamento simpático.

André senta numa poltrona e imediatamente pega um dos livros de arte esquecidos sobre a mesa de centro.

— Epa. Francis Bacon. Esse é o cara. Vi uma exposição completíssima dele em Madri, não faz muito. Esse é craque. Ele e o Lucian Freud...

— Eu também gosto muito dos dois.

— Você mora sozinho aqui, João?

— Não, não. Eu...

Maria entra na sala. Ela trocou de vestido, mas pôs um fechado até o pescoço. André ergue-se da poltrona, visivelmente surpreso. João apresenta:

— Essa é minha esposa, Maria.

— Maria! Que prazer. Eu não sabia que o João era casado.

— Ele às vezes também esquece.

Os três riem, João sem vontade.

— Bom — diz Maria, dirigindo-se para a cozinha —, vou tratar do nosso jantar. Espero que o senhor goste de bacalhau.

— Adoro. E, por favor, não me chame de "senhor".

Maria entra na cozinha. João começa a perguntar:

— Vamos logo prum vinhozinho, ou você prefere um uísque antes, ou um...

André o interrompe, com uma mão na sua coxa:

— Eu pensei que fosse comer um jantar feito por você. Me disseram que você é um bom cozinheiro.

— Não. Brincadeira do pessoal. Só sei fazer o trivial. Maria é que é a cozinheira.

André continua com a mão na coxa de João.

— Você é casado mas não usa aliança...

— Andei fraturando esta mão e os dedos incharam. Tive que cortar a aliança. Isto já faz tempo, mas ainda não mandei consertar. A aliança.

— A falta de aliança pode dar um sinal errado...

— Pois é...

André sorri.

— A falta de uma aliança pode destruir um sonho...

Silêncio. Quando Maria surge na porta da cozinha com a garrafa de vinho e um abridor, André tira a mão da coxa de João. Maria diz:

— Preciso de um homem para abrir o vinho.

— É comigo — diz André.

Ele tem dificuldade em abrir o vinho e fere um dedo. Depois de colocar o vinho aberto sobre a mesa, diz:

— Preciso lavar as mãos.

Maria (examinando o ferimento no dedo):

— Não será melhor fazer um curativo?

— Nada. É só um arranhão. Não vou morrer. Só preciso lavar as mãos.

João indica o caminho do banheiro, para a direita da sala.

— Segunda porta à esquerda.

Quando André sai da sala João vira-se para Maria e cochicha:

— "Ele às vezes também esquece". Precisava dizer aquilo? Quando foi que eu esqueci?

— Foi uma piada, João. E ele gostou.

— E esse vestido ridículo?

— Meus peitos, afinal, não seriam necessários. Ele está obviamente a fim de você.

— Bobagem.

— Você é que deve se perguntar que sacrifício está disposto a fazer para ganhar esta guerra, João.

— Má, eu acho que nós estamos agradando. Ele conhece o Lucian Freud. Duvido que algum dos outros candidatos à vaga do pobre do Valtinho saiba quem é o Lucian Freud. Agora é só você não estragar tudo.

— Não vou mais abrir a boca.

— Não. Tem que abrir. Ser simpática. Pense em tudo que está em jogo. Pense no nosso futuro. Na nossa vida daqui pra frente se eu for o escolhido. No nosso...

João para porque André voltou para a sala.

— Errei de porta — desculpa-se André. — Entrei no quarto de vocês. Vi que tem um pôster do Che Guevara em cima da cama. Igual a um que eu tenho em casa.

— É — diz João. — Nós estamos tentando decidir onde colocá-lo.

— Ali — diz André, indicando o lugar na parede onde o pôster estava.

— Vamos pra mesa, senhores? — propõe Maria.

À mesa, João sente o joelho de André encostar no seu. Não afasta a perna.

Os últimos quartetos de Beethoven

A turma era apaixonada pela Livia. Todos os cinco. Livia lhes ensinara o "twist" e o beijo de língua. Livia usava brincos numa orelha só. Livia fora a primeira a fumar maconha e fazer tatuagem. Era Livia quem dizia o que eles deveriam ler, pensar e fazer, e não fazer. Foi da Livia a ideia do pacto de sangue para unir a turma até a morte. Seria um corte na palma da mão, depois decidiram que um corte num dedo produziria o mesmo efeito e não prejudicaria o desempenho da Livia no violoncelo. Um cortezinho no dedo, depois apertos de mão entre todos, finalmente seis mãos entrelaçadas num só nó sangrento, e o grito da Livia, "Até a morte!". Mas o ritual acabara assustando em vez de unir mais a turma. O Maurinho, por exemplo, declarara que ficara nervoso com o sangue, que a Livia estava querendo puxar a turma para um lado escuro, que aquela coisa de líder e discípulos estava ficando séria demais, que eles não eram, afinal, apenas "a turma da Livia", como os chamavam na escola, obrigados a seguir suas loucuras. Depois do pacto os cinco começaram a se distanciar, da Livia e uns dos outros. Continuavam indo a todas as apresentações de violoncelo da Livia e depois se reunindo no bar do seu Antonio, onde a Livia tomava cerveja preta com grapa para, como ela dizia, trazer de volta à Terra o espírito elevado pela música antes que ele evaporasse nas alturas. E a cara dos cinco ouvindo a Livia tocar violoncelo continuava sendo de adoração. "Embasbacados" era como o Lorival os descrevia. Os embasbacados da Livia. Mas o domínio da Livia sobre eles estava indo longe demais. O Maurinho foi o primeiro a desaparecer por completo depois do pacto de sangue. O Magro, o último. Suspeitava-se que o

Magro era o único da turma que transara com a Livia e foi ele o último a acompanhar suas apresentações de violoncelo e depois ir beber, só os dois, no bar do seu Antonio, onde uma noite a Livia lhe dissera "Você também está dispensado", decretando o fim oficial da amizade eterna. No fim não ficara nada da amizade, nem um vestígio, nem uma cicatriz, já que não tinham cortado a palma da mão. Foi cada um para um lado, sem saber que caminho obscuro levara Livia para longe deles, para outro Universo. Um dia, anos depois da formatura, anos depois do pacto, Maurinho encontrou-se com o Magro por acaso e perguntou se ele sabia por onde andava a Livia. O Magro não sabia. Não via mais nem seu nome no noticiário da música na cidade. Livia volatizara-se. Os dois brindaram a Livia batendo suas xícaras de cafezinho e dizendo "Linda!" "Linda!". E que fim teria levado o resto da turma? Maurinho se comprometeu a reuni-los, se conseguisse localizá-los, para relembrar os velhos tempos. Talvez alguém tivesse notícia da deusa desaparecida. A verdade era que ninguém sabia muito a respeito dela mesmo quando se viam todos os dias. Ela era linda, ela lhes ensinava tudo o que sabia e eles não sabiam, mas nunca convidara a turma a subir ao seu apartamento quando iam buscá-la ou levá-la em casa, nem contara muito da sua família e da sua vida quando não estava com eles. Não sabiam onde ela conseguia maconha, e de onde tirava os livros que emprestava a quem prometesse lê-los e devolvê-los. Ela não contava e eles não perguntavam. Todos se contentavam em adorá-la sem fazer perguntas. Livia era Livia, as divindades não precisam contar os detalhes banais da sua existência. As divindades não precisam ter vida doméstica. Depois do encontro com Maurinho, Magro decidiu fazer o que deveria ter feito antes, investigar o desaparecimento da Livia, o que seria um pouco como investigar seu próprio passado. Estava entre empregos, tinha tempo de sobra. Ele também se assustara com o ritual de sangue, com o caminho que estava tomando aquela amizade, com a profundeza para a qual a Livia parecia querer atraí-los. Agora, anos depois, poderia encontrar a Livia sem medo, conviver com o mito sem o perigo de ser tragado pelo sumidouro. Procurou o edifício em que Livia morava. O porteiro ainda era o mesmo e se lembrava, sim, deles e da dona Livia, que vivia no quarto andar com o pai e a mãe. A mãe, dona Vitória, tocava piano. A mãe se suicidara. O pai, o porteiro não sabia. O seu José raramente saía de casa. Depois da morte da mulher tinha se mudado. Deixara tudo no apartamento do quarto andar, inclusive o piano da mulher. Mas não os livros, que levara para o novo endereço, caixas e caixas de livros. Não, o porteiro não sabia qual era o novo endereço. A dona Livia? O porteiro também nunca mais a vira. Gostava dela, apesar das suas esquisitices, das suas roupas malucas, dos brincos numa orelha só, do véu rendado que cobria o seu rosto quando ela saía à rua depois da escola. Magro deu uma risada. O véu! Ele se esquecera do véu. Quando Maurinho conseguiu reunir a turma, menos o Lorival, que fora viver em Curitiba, a primeira coisa que o Magro perguntou foi se todos se lembravam do véu.

— O véu! O que era mesmo que ela dizia? Que era para proteger não o seu rosto do sol, mas os outros da luminosidade do seu rosto. Uma luminosidade de santa.

— Dizia que não queria queimar a retina de ninguém.

— Agora estou me lembrando, ela dizia que tinha saído de um quadro do, como era mesmo?

— Boticelli. Era uma virgem luminosa do Boticelli.

— Metade do que ela dizia eu não entendia.

— Mas ela era linda.

— Ah, era.

— E você, Magro? Dormiu com ela ou não dormiu?

— Tá doido.

— Conta, Magro.

— Não pintou nada. Eu sou louco?

O Magro poderia dizer que chegara à beira do sumidouro, mas recuara. Não era louco.

— E vocês se lembram do pacto de sangue?

— O pacto de sangue... Até hoje eu não entendi o que ela queria com aquilo.

— O que ela esperava de nós...

O Magro contou que na última vez em que estivera com Livia ela dissera que ele estava dispensado. Tinha a permissão dela para também desaparecer, como os outros. Se a "turma da Livia" tinha uma missão a cumprir, tinha fracassado. Estavam todos dispensados. Livia desistira deles.

— Que fim terá levado?

Magro contou o pouco que sabia. O suicídio da mãe pianista, as caixas e caixas de livros do pai. E só. Também fracassara como investigador. Por ironia, foi Maurinho, o primeiro desertor, quem descobriu onde estava Livia. Por acaso. O primo de uma técnica em enfermagem que trabalhava numa clínica psiquiátrica contara que na clínica havia uma louca que tocava um violoncelo imaginário, e poderia ser a Livia. Alguém deveria ir visitá-la, para ter certeza. Só o Magro se animou. A clínica ficava num antigo casarão pintado de verde. Mesmo depois de tanto tempo, o Magro reconheceu o perfil da Livia, sentada perto de uma grande janela numa sala vazia e ensolarada. Não teve um choque com sua velhice, com seus cabelos desgrenhados ou com seu camisolão branco de tecido barato. Mas quase parou, emocionado, quando ela virou o rosto e viu que ele se aproximava, e sorriu — o sorriso era o mesmo! — e disse seu nome: "Felipe!" Ela se lembrava do seu nome! Ele curvou-se para beijá-la mas não conseguiu dizer uma palavra. Ela segurou sua mão e perguntou: "Como vão vocês?" Ele ainda demorou antes de poder dizer "Bem, bem" e depois mentir: "Todos mandam lembranças." Depois ele foi buscar uma cadeira para sentar-se ao seu lado e ela pegou sua mão entre as suas outra vez e repetiu: "Felipe!" E disse que ele decididamente não podia mais ser chamado de Magro, e os dois riram, e o Magro teve que se controlar para que a risada não desandasse em choro. Perguntou se ela estava sendo bem tratada, se estava bem, se precisava de alguma coisa, e ela respondeu que estava ótima. Que tinha tudo que precisava. E tinha a sua música.

— Seu violoncelo está aqui?

— Não. Eles não deixaram. O que não quer dizer que eu não toque todos os dias.

E quando acabou de rir, ela disse:

— Até formei um quarteto de cordas. Ensaiamos sempre. Cada um com seu instrumento invisível, imagine só. Não é uma coisa de louco?

— São todos músicos?

— Não! A única música nesta casa sou eu. Os outros só fingem. Mas estamos progredindo. Vamos até dar um recital. Música para surdos, o que você acha? Vamos tocar exatamente o que Beethoven ouvia: nada. A sua música interna, a música da sua cabeça, um silêncio inconspurcado por sons. In-cons-pur-cado. O que você acha? Música sem a música para atrapalhar.

O Magro embasbacado.

Ela continuou:

— Lembra dos últimos quartetos de corda do Beethoven? Ninguém entendia o que ele queria dizer com aquilo, com aquela confusão, aquela quase cacofonia. Eu estou lhe aborrecendo?

— Não, não. Eu...

— Era diferente de tudo que Beethoven tinha feito até então. Ninguém entendia. Um pouco como o véu preto que eu usava para tapar o rosto, lembra? O que era aquilo? Loucura, só loucura. Era o que todo o mundo pensava.

— Nós não.

— Vocês também.

— Nós só achávamos... estranho.

— Era o que todo o mundo pensava dos últimos quartetos de Beethoven. Uma excentricidade. Uma coisa que não era para ser entendida, a não ser por ele mesmo, na sua reclusão de surdo. Mas não era isso. Os críticos também se enganaram. Mais tarde disseram que Beethoven estava, conscientemente, mudando o rumo da música. Que estava inaugurando a música moderna. Que o Beethoven dos últimos quartetos era o precursor direto de Schoenberg, de Stravinski, de Bela Bartok. E não era nada disso. Os quartetos não estavam começando nada, estavam terminando. Beethoven estava não só acabando com o período clássico como dizendo que a música racional não tinha mais para onde ir, que a própria racionalidade chegara ao fim. Ele mesmo não tinha mais para onde ir no mundo, a não ser para o seu exílio interior, para a sua loucura. A verdade é que os últimos quartetos de Beethoven não foram os últimos. Foram os penúltimos. Os últimos são os que nós tocamos. Ou fingimos que tocamos. Você quer ouvir?

— Como?

— Fique aqui. Daqui a pouco vamos ensaiar. No fim do dia. Agora me conte de vocês...

Naquela noite o Magro relatou a visita à Livia ao Maurinho. Contou que ao entardecer tinham chegado os outros três membros do quarteto, cada um arrastando uma cadeira e segurando um instrumento imaginário. E tinham começado a fingir que tocavam, parando a intervalos para ouvir as correções e direções da Livia. Eram dois senhores e uma moça, todos de camisolão igual ao dela. Parecia um congresso de anjos. O apelido deles na clínica era "a turma da Livia".

E o Magro contou que nunca vira uma expressão de felicidade como a do rosto da Livia tocando seu violoncelo invisível. Estava em outro Universo.

— Ela continua bonita?
— Linda. E o sorriso é o mesmo.
— Ela perguntou pela turma?
— Perguntou, perguntou. Queria saber tudo a nosso respeito.

Mas o Magro não disse ao Maurinho que se esforçara para encontrar alguma coisa para contar da turma. Algum sucesso profissional, alguma grande alegria, alguma notícia, por medíocre que fosse, que justificasse terem escolhido ficar no Universo de cá. E que, não encontrando nada para dizer, o Magro se vira, idiotamente, como se aquilo resumisse os feitos dos cinco, contando que o Lorival se mudara para Curitiba.

Bolero

> *"Dormir avec vous madame*
> *Dormir avec vous*
> *C'est um merveilleux programe*
> *Demandant surtout*
> *Um endroit discret madame"*
>
> CHARLES AZNAVOUR

Enfim um bolero, n'est pas madame? Fui eu que subornei a orquestra. Agora podemos dançar juntos, eu sentindo os seus seios contra o meu peito, você sentindo as minhas medalhas. O bolero favorece a minha perna mecânica, ao contrário do tango, que também cultivo, mas só em teoria, senão eu caio na primeira rabanada. O bolero também nos permite falar um no ouvido do outro, ao contrário dessas danças modernas, nas quais a única comunicação possível entre os pares é o sinal semafórico. Nenhuma conversa é tão privada e discreta quanto a de um homem e uma mulher dançando um bolero, o homem cuidando para não engatar os lábios num brinco ao mordiscar o lóbulo, onde a mulher é mais tenra, a mulher se permitindo dizer baixinho tudo que jamais diria em público, principalmente ao alcance dos ouvidos do marido. Existe um marido, pois não, madame? Deve haver um marido, senão nada disto — este salão, este bolero, seus seios contra o meu peito e a minha ereção — tem sentido. O essencial numa sedução não é o sedutor nem a seduzida, é o marido. Todo o drama, toda a aventura, toda a glória e o prazer de uma sedução está centralizada no marido enganado. Um caso sem marido é como um merengue sem recheio, uma casca farofenta encobrindo o nada. Seu marido está nos vendo? Está seguindo nossos passos, salivando como um cão raivoso? Sinto seus olhos na minha nuca, talvez medindo-a para um golpe de cutelo, como o que mata os touros que se recusam a morrer pela espada. Sim, também já fui toureiro. E motociclista. E astronauta. E ator. E malabarista de circo. E físico nuclear. O que a gente não faz para impressioná-las, hein, madame? Posso desafiar o marido para um duelo, se lhe convier. Sim, sou do tempo dos duelos, quando a honra se lavava com sangue, nem que fosse apenas o sangue de um arranhão. Madame já adivinhou que sou um homem antigo. Para mim, nada é mais apropriado do que um bolero acabar num duelo. Posso mandar seu marido para um hospital. Assim nem ele ficaria sem sua honra nem nós ficaríamos sem um marido enganado vivo para apimentar nossa união. Como eu perdi minha perna? Foi numa dessas guerras, não me lembro mais qual. Foi em Waterloo, foi no Somme, foi no desembarque em Omaha Beach, quem se lembra? E tudo para impressioná-la, madame. Eu ainda não a conhecia, nem sentira os seus seios contra o meu peito, e já estava matando e morrendo e construindo civilizações para impressioná-la. Esta sedução não começa aqui, madame, começou há milhares de anos, quando nós descemos das árvores para a savana e passamos a andar de pé, com a genitália exposta. Como isto não as impressionou muito, recorremos a outros meios de sedução. Brigas, guerras, atos de bravura e audácia intelectual, boleros. Tudo para dormir com você, madame. Dormir com você. Fazermos um programa maravilhoso num lugar discreto. Champanhe, alguns canapês, cortinas de veludo cerradas, um disco de vinil na vitrola (sou um homem antigo). Não queremos outra coisa além de dormir com você. Nunca quisemos. E... glubz! Desculpe madame. Acho que engoli o seu brinco.

Lo

1

Dolores, luz da minha vida, fogo das minhas entranhas. Meu pecado, minha alma. Do-lo-res: a ponta da língua viajando pelo palato em três etapas, terminado num esgar para acomodar o "res". Do, Lo, (careta) Res.

Ela era Lola, apenas Lola, de manhã, fumando, com um pé de bailarina pousado no joelho da outra perna. Lores nos seus slacks cor de abóbora, aterrorizando as empregadas na nossa casa em Paris, onde as banheiras tinham a forma de cisnes. Dolores Fuertes y Obregon nas linhas pontilhadas, administrando sua fortuna. Mas para mim, na sua cama, nos seus braços, cochichado no seu ouvido (o que ela odiava), ela seria sempre Dolores Fuertes de Barriga. Minha senhora das dores. Minha Lo.

Quando nos conhecemos em Porto Seguro eu tinha 12 anos e ela tinha 36, ou dizia que tinha 36. Eu tinha o cabelo louro e encaracolado e os olhos verdes, mas fora essa intromissão, talvez holandesa, no meu sangue era um baiano de cartão-postal, um mulatinho reluzente, um amor. Pergunte a qualquer um que me conheceu então, se encontrar algum vivo, se eu não era de levar pra casa. E foi o que a Dolores fez. Eu me chamava Zé Maria e dançava na praia para os turistas com a minha irmã, Janaína. E a Dolores se encantou comigo. "Como te llamas?", ela perguntou. "José", eu disse, e com medo que ela não entendesse repeti: "José" e ela disse "Rosé Rosé, que raro!" O dinheiro dela venceu a burocracia do Brasil, os papéis da adoção saíram logo e em menos de um mês José José Fuertes y Obregon voava para Paris com uma nova fatiota e uma nova mãe, além de um passaporte e um novo nome. O Maria de Zé Maria ficou para trás. Sempre que penso no Brasil, para onde nunca voltei, penso numa Maria dançando sozinha na praia. A parte de mim que nunca cresceu. Que ficou no seu porto seguro, intocada pelos contágios da vida. Bonito isso, hein, leitor? Leitora? Confiem num assassino para ter um estilo floreado.

Minha mãe de carne não se opôs à minha ida. Era uma boca a menos em casa e ainda sobraram doze. Não sei se encontraram meu pai para contar que eu ia embora com uma espanhola ou se a informação chegou ao seu cérebro antes de ser diluída, no caminho, pela cachaça. Nunca soube mais nada deles, ou da Janaína e dos meus outros irmãos. No avião para São Paulo, onde faríamos a conexão para Paris, Dolores me perguntou se eu não estava emocionado. "Por quê?", perguntei. Ela ficou chocada. Eu estava dentro de uma fatiota e de um avião pela primeira vez. Estava começando outra vida. Tudo seria diferente para mim dali para a frente. Eu não estava emocionado? "Estou!", gritei. "Porra, estou emocionado, sim!" Comecei a chorar como chorava na praia quando um turista demorava a nos dar dinheiro. Sentei no seu colo. Gritei: "Obrigado! Obrigado, dona!" Ela ficou radiante. Era o que queria ouvir. Beijou meus cabelos encaracolados. Disse que eu não precisava agradecer. Que nós íamos ter uma bela vida juntos. E pediu que eu não a chamasse de "dona".

— Posso chamar de mãe?
— Dolores.
— Dolores Fuertes.
— Si.

— Dolores Fuertes de Barriga.

— No. Fuertes y Obregon. Ahora es su nombre tambien, Rosé Rosé.

Me atirei de novo sobre ela, soluçando. Ficamos abraçados assim até a aeromoça vir oferecer o lanche. Comi o meu e o dela.

Leitor, leitora, isto não é um pedido de clemência. Só peço que me entendam. Não se precipitem. Ainda falta muita coisa para contar. Esperem para dizer quem mereceu o quê. Leiam toda a minha confissão antes de decidir quem é culpado, se alguém for culpado. Minha defesa: nunca na história do mundo o amor corrompeu alguém. Pode ter aleijado, pode ter matado, mas nunca sujou. E esta, embora pareça outras coisas, é uma história de amor.

2

Dolores nasceu em Madri. O pai, duque de alguma coisa. A mãe, parente longe, mas não longe o bastante, dos Bourbons, parceira de jogo da rainha Victória Eugenie de Battenberg, mulher de Alfonso XIII, a quem teve que acompanhar para o exílio, com toda a família, em 1931. Ela e a rainha jogavam gamão. Um dia, alisando o meu braço cor de acarajé, Dolores contou que devia a brancura da sua pele a gerações e gerações de casamentos mais ou menos incestuosos que tinham filtrado toda a influência moura do sangue da aristocracia espanhola, e sua educação europeia ao gamão. Passara a infância pulando de lugar em lugar junto com a corte banida. Primeiras letras em Baden-Baden, balé e piano num internato em Genebra, equitação em Roma... As convulsões do século tinham sido apenas pano de fundo para a formação de uma jovem de bom sangue e espírito rarefeito, a minha branquíssima Lo. A Segunda Guerra Mundial passara longe da mansão da família em Monteverde. Apenas alguns tiros pontilhando a noite, distantes, como estrelas sonoras, e nada mais. A única má lembrança que Dolores guardava das privações de guerra, em Roma, era do dia em que, na sua aula de equitação, lhe informaram que seu cavalo preferido tinha sido comido na noite anterior. No fim da guerra ela casara-se com Enrico, um nobre italiano com muita influência no Vaticano, suspeito de ter desviado dinheiro da cúria e conhecido como o último homem na Europa a ainda usar o rapé e que, segundo Dolores, renunciara ao sexo, preferindo o espirro ao orgasmo. Depois de sua morte em circunstâncias trágicas no parque da Villa Pamphili (piquenique, mordida de aranha, inflamação, atendimento italiano), Dolores mudara-se para Paris, decidida a gastar sua herança numa vida artística. Dizia que não se pode ficar esperando que a vida nos tire para dançar, nós é que temos que persegui-la, enlaçá-la e sair rodopiando. Ela chegara rodopiando a Paris, onde não conhecera nem Hemingway, nem Sartre nem Picasso mas fora cantada no café Les Deux Magots por Gertrude Stein, que apertara seu joelho com a força de um estivador e a convidara para um fim de semana em Fontainebleu. Recusara-se a voltar à Espanha mesmo depois da permissão dada por Franco à família real e sua corte no exílio para retornar. Sua casa em Paris ficava perto do

Bois de Boulogne, onde ela cavalgava todas as manhãs. Ela me instalou num quarto forrado de seda. Os meus travesseiros eram maiores do que a cama em que eu dormia com mais seis. A banheira em que ela me dava banho tinha a forma de um cisne e era quase maior do que a nossa casa de madeira em Porto Seguro. Mas não ficamos muito tempo neste paraíso sedoso. Um dia ela me avisou que iríamos viajar. Tínhamos pouco tempo para arrumar as malas. Não, eu não podia levar os travesseiros. Haveria travesseiros iguais àqueles no lugar para onde iríamos. Jamais me faltariam travesseiros. Ela deu uma ordem para as empregadas que eu não entendi. Depois me contou que as proibira de revelar nosso destino. Revelar para quem? Para quem perguntar, respondeu ela, rispidamente. E quando eu quis saber mais só disse "Shush" e "bamo-nos, bamo-nos". E foi assim que começou nossa longa fuga pela Europa, fugindo eu não sabia do quê. O pequeno Rosé Rosé deglutido por um continente viciado. Ou o velho continente, recém se recuperando de uma guerra, lentamente envenenado pela ingestão de um baianinho tóxico. Além de uma história de amor, esta também é uma história de degeneração e redenção, se me perdoam a imodéstia.

3

Sim leitor, leitora, ela me dava banho. Não a condenem ainda. A expressão no seu rosto foi de surpresa na primeira vez que meu pau de 12 anos duplicou de tamanho na sua mão ensaboada. Foi disfarce, ou ela não esperava mesmo um pau duro no anjo moreno que comprara em Porto Seguro? Daí em diante, toda vez que ensaboava meu pau ela cantava um lied de Schubert. Talvez sua intenção fosse me iniciar na alta cultura europeia e guiar minha descoberta do meu próprio corpo, em sincronia. Ou então simular indiferença maternal à minha ereção juvenil. Ou me introduzir na doce variedade da vida, Schubert em cima e um pau ensaboado embaixo, polos opostos mas compatíveis de prazer, uma educação completa e simultânea do corpo e do espírito. O fato é que, até há pouco tempo, ouvir Schubert me dava tesão. Ela me tirava do banho, me enrolava num roupão e me levava para seu quarto, cantando canções espanholas. Me secava com o próprio roupão que depois atirava longe, e me vestia, sempre com dificuldade para acomodar minha rija gratidão na cueca de linho. E declinando uma lista de poetas que fariam parte da minha formação, quando eu aprendesse o francês. Um dia, citando Verlaine e Rimbaud, ela beijou a ponta do meu pau. Um mordisco, leitor, leitora. Quase uma vírgula da declamação. Dias depois foi a vez de Apollinaire ser interrompido por um beijo mais profundo — Apolinhamnhamnham — que por pouco não me sugou a alma. Finalmente ela um dia me fez deitar de costas na sua cama, antes de me vestir a cueca, e disse que eu me preparasse para Baudelaire, que Baudelaire mudaria a minha vida, e deitou-se em cima de mim, dizendo "É assim, é assim" e guiando meu pau para dentro dela. Dolores nunca ficou sabendo que uma turista argentina chamada Anabela já tinha me mostrado o mesmo caminho muitas vezes, sem recurso a Baudelaire, em Porto Seguro.

4

Nossa fuga (De quê? De quem?) começou por um dos chateaux menores do Loire, propriedade de uma prima francesa arruinada que alugava quartos para turistas e concordara em nos alojar num sótão infestado de ratos. Para o meu banho, tínhamos que descer dois andares até o térreo, Dolores me carregando no colo, muitas vezes esbarrando nos corredores escuros com ingleses desorientados. Eu senti falta da minha banheira em forma de cisne de Paris e deixei clara minha revolta, recusando as carícias da Lo por noites seguidas, até ela prometer que não ficaríamos ali por muito tempo e em breve estaríamos num chateau de verdade, longe de ratos e ingleses. O segundo chateau era de um primo, também arruinado mas não tanto, que ocupava só quatro das suas oitenta e nove peças e nos deixou escolher o quarto que quiséssemos, desde que nos contentássemos com colchões no chão em vez de camas e água marrom nas torneiras. Lo e eu corríamos pelas peças vazias do chateau, e nossas corridas sempre acabavam sobre um colchão, entre risadas, as da minha pobre Lo, gorjeios agudos que faziam balançar as teias de aranha, e se transformavam em ganidos quando eu a penetrava.

    Certo dia ouvi o seguinte diálogo entre o segundo primo e Lo:

    — Ela está vindo.

    — O quê? Para cá?

    — Recebi um telegrama. Ela chega no domingo.

    — Mas vem fazer o quê?

— Não sei. Talvez saiba que vocês estão aqui.

— Mas como ela soube?

Não ouvi a resposta do primo. Deduzi que ele apenas dera de ombros.

Naquela noite, na mesa tosca da cozinha onde comíamos (o primo cozinhava, mal, o que Dolores comprava no mercado), perguntei:

— Quem está vindo aí?

— Ninguém — disse Lo. — Tome a sua sopa.

— Eu ouvi vocês conversando.

— Pois ouviu errado. Seu francês é péssimo.

— Foi você que me ensinou.

Ela não disse nada. Me revoltei. Empurrei o prato de sopa da minha frente.

— Você também me ensinou a gostar de ostras, aspargos e foie gras, e olha o que eu estou comendo!

— Pois não coma. Vá para o quarto.

Saí da mesa derrubando a cadeira.

Mais tarde, ela me acordou. Queria pedir desculpas. Me beijou o corpo todo, dizendo "Rosé, Rosé". Perguntei:

— Quem está vindo aí?

— Você não entenderia.

— Quem é?

— É a minha consciência.

— O quê?

— É a minha morte.

— O quê?

— É uma parente.

5

Seu nome era Quitéria. Uma condessa, também aparentada com os Bourbons. E eu a conhecera. Na tarde antes da nossa fuga de Paris, apesar das instruções para não aparecer na sala, interrompera uma conversa dela com Dolores. As duas tomavam chá. Ela fizera um bico de espanto ao me ver, antes de perguntar:

— E este anjo, quem é?

Lo contara que tinha me adotado. Que eu era um brasileirinho que ela estava civilizando. Que eu estava aprendendo espanhol e francês e já conhecia os poetas.

— Venha dar um beijo na sua tia Quitéria — comandara a visitante, cujo rosto parecia coberto com cal, o que realçava os olhos contornados com tinta preta. Ela era mais velha do que a minha Lo. Seu perfume era doce.

Depois de um beijo em cada face ela mexera nos meus cabelos encaracolados.

— Mas ele é uma preciosidade! — exclamara.

Eu pensara em subir no seu colo e cheirá-la mais de perto, mas Lo me mandara sair da sala e voltar aos meus estudos. As declinações do espanhol me aguardavam.

— E é dela que nós estamos fugindo?

— Não estamos fugindo. Eu só não quero que ela nos encontre.

— Por quê?

— Você não entenderia.

— Por quê? — insisti.

Mas a Lo, mesmo que quisesse, não poderia responder. Tinha o meu pau na sua boca. Enquanto ela me chupava, pensei na Quitéria. Então a morte tinha um perfume doce...

No dia seguinte, partimos para Veneza. Outro primo arruinado, dono de um palacete em pior estado do que ele. Mais remendado do que o roupão com que nos recebeu na porta. Ele não reconheceu Dolores. Só enxergava com um olho, o outro era de um azul leitoso e morto. Ele e Dolores tiveram que refazer a árvore genealógica da família por várias gerações até encontrar um elo, enquanto o gondoleiro esperava para descarregar as malas e eu saltitava, tentando resistir à tentação de mijar no canal. Finalmente, a luz:

— Você é bisneta do conde Roblado!

— Isso!

— Mas eu não tenho onde hospedar vocês. Minha casa está caindo aos pedaços. Talvez desmorone esta noite.

— Nós podemos dormir em qualquer canto. É só até encontrarmos outro lugar para ficar.

O primo hesitou. Seu olho bom piscou várias vezes. O outro nunca fechava. Finalmente, concordou.

— Está bien...

— Viva! — gritou o gondoleiro.

— Viva! — gritei eu.

6

As paredes internas do palacete eram cobertas de afrescos desbotados, cenas da mitologia grega. O novo primo, que se chamava, apropriadamente, Moffo, nos mostrou onde poderíamos ficar. Pelo menos tinha uma cama com dossel. Mas mãe e filho teriam que dormir juntos. O chão de ladrilhos era ondulado e toda a casa tremia quando passava um barco a motor no canal em frente. O palacete talvez não resistisse mesmo a mais uma noite. Na biblioteca em que Moffo passava os dias e as noites, os livros tinham transbordado das estantes e cobriam o chão. Moffo lia com dificuldade, porque tinha só um olho bom e porque a umidade colara as páginas de todos os livros. "Ainda bem que sei o meu Virgílio de cor", nos disse, e depois, abrindo os braços no meio da biblioteca, com livros pelo joelho, seu roupão desfazendo-se para mostrar ceroulas manchadas de urina, declarou, rindo sem dentes: "Isto é uma metáfora do fim da Europa." Moffo tinha uma empregada de idade indefinida chamada Gabina e dias mais tarde, quando entrei na cozinha e o flagrei apalpando as nádegas da Gabina enquanto ela cozinhava sem lhe dar atenção, ele disse "Isto também é uma metáfora. Aristocracia decadente abusando da criadagem" e me piscou o olho bom, sem largar as nádegas da Gabina. Nas duas semanas em que ficamos com Moffo, Dolores se controlou e não me tocou nem uma vez, nem para me dar banho, temendo que um dos seus orgasmos ruidosos fizesse finalmente ruir o palacete, talvez Veneza inteira. Moffo dormia numa poltrona de couro rachado, na biblioteca, bebendo conhaque até vir o sono. Dizia que quando a casa ruísse pretendia naufragar junto com seus livros. Uma noite o conhaque o impeliu, não para o sono mas para a nossa cama, onde passou a apalpar minhas nádegas, sendo improvável que me confundisse com a Gabina. Dolores acordou, viu o que estava acontecendo e gritou "Por Dios!" Moffo fez "sshh" com um dedo na frente da boca e um gesto circular com a outra mão que mostrava sua preocupação com o efeito de um escândalo na estrutura da casa, disse uma frase em latim e saiu do quarto arrastando os chinelos. No dia seguinte, Lo decidiu que iríamos embora.

7

Para Roma. Onde as civilizações arruinadas se empilham, uma metáfora em cima da outra. Lo descobrira que a condessa Nicoletta Fanfani, mãe do seu desafortunado marido Enrico, ainda vivia. Não sabia como a condessa a receberia. Lo ficara com todo o dinheiro que Enrico roubara do Vaticano e a condessa ficara com suas propriedades, que fora obrigada a vender uma a uma para se sustentar depois da guerra. Morava num pequeno apartamento no Trastevere cercada de gatos. Tinha, certamente, mais de 90 anos e mais de trinta gatos. Pediu que não espantássemos os gatos de cima dos sofás da sala. Os gatos estavam muito irritados, contou. Desconfiava que tramavam a sua morte e em breve a atacariam e comeriam. Também desconfiava que os gatos fossem comunistas. Ficamos de pé enquanto Lo e a condessa conversaram, lembrando Roma do tempo da guerra. "Tenho uma memória prodigiosa", dissera a condessa. "Me lembro de tudo. Me lembro até do tempo dos césares." Mas as duas já estavam conversando por mais de uma hora quando ela perguntou a Lo:

— Quem é você, mesmo?

— Dolores. Viúva do Enrico.

— Aaaah... — disse a condessa. E depois: — Quem é Enrico?

— Seu filho. O que morreu há 15 anos.

— Na guerra? Pela pátria? Pelo Duce?

— Mordida de aranha.

— Aaaah...

E de repente a condessa se lembrou. Seu rosto se fechou como um punho. Perguntou:

— E o que você quer?

— Eu e meu filho estamos procurando um lugar para ficar em Roma.

A condessa me examinou de cima a baixo.

— Esse negro é meu neto?

— Não. É adotado.

Eu estava sorrindo angelicalmente, mas a velha não sorriu. O punho não se desfez.

— Aqui vocês não podem ficar. Os gatos não aceitariam.

Mas Nicoletta Fanfani vendera uma das suas propriedades a um primo, Ludovico, que a transformara num hotel. O hotel não era luxuoso, mas Ludovico, que ainda não pagara tudo o que devia a Nicoletta, nos hospedaria e nos daria um desconto. Um telefonema rápido de Nicoletta acertou tudo. O hotel ficava ali perto. Não precisaríamos caminhar muito com nossas malas.

Lo agradeceu a sua ex-sogra mas esta se recusou a apertar sua mão na despedida. Fez apenas um gesto que nos enxotava da sua vida para sempre. Quando saímos, os gatos a rodeavam, como se sitiassem um forte na iminência do ataque final.

8

O hotel não era luxuoso, mas era simpático. Ludovico ficara surdo na guerra. Tinha dentes amarelos e um grande bigode com as pontas viradas para cima, e beijou a mão de Dolores com uma mesura exagerada. Sim, poderíamos ficar o tempo que quiséssemos, desde que lhe pagássemos por semana. Nosso quarto era pequeno e compartilhávamos um banheiro com os outros hóspedes do andar, mas havia glicínias florescendo na nossa janela, e eu acordava todos os dias com o sol na cara, e com alguém cantando na calçada. A cama era estreita e dormíamos abraçados. Fomos felizes em Roma, eu e Dolores. Nós nos amávamos. É preciso repetir isto, leitor, leitora. Esta é uma história de amor. Sei que o amor de uma mulher de quase 40 por um menino de 12 afronta todas as convenções. Sei que eu desafiava as leis naturais e os parâmetros de gosto e libido da minha idade, enquanto ela desafiava vários códigos penais. Mas nenhum epíteto que ouvíssemos — vergonha! perversão grotesca! — diminuiria aquela verdade: a nossa era uma história de amor. Eu a traí, sim, mas o que se pode esperar de uma criança? Naqueles dias em Roma, entre as glicínias, vivemos a nossa paixão ao extremo, mesmo numa cama estreita que guinchava, a poucos passos de um encardido banheiro coletivo. Não era uma paixão sem culpa. Sua consciência perseguia a minha Lo na figura, que eu ainda mal compreendia, da bruxa Quitéria. Que poder teria aquela mulher com a cara caiada sobre Dolores Fuertes y Obregon, a ponto de fazê-la abandonar as alamedas do Bois de Boulogne por onde cavalgava como uma infanta, e suas banheiras em forma de cisne, para fugir com um filho falso por uma Europa convalescente? Mas Lo esquecia Quitéria, os ruídos da cama, o cheiro do banheiro e o mundo lá fora nos meus braços, todas as noites. Devido à sua surdez, só Ludovico, no hotel, não ouvia os sons orgiásticos e os guinchos da cama que emanavam do nosso quarto e da nossa paixão, por isso insistia em convidar Dolores para sair com ele. Podiam deixar o "bambino" com as camareiras e ir jantar, ou a um cinema. Dolores sorria, e se desculpava. Não era possível. O "bambino" não dormia sem a presença da mãe.

9

Nosso idílio romano não durou muito. Um dia, quando voltávamos para o hotel de uma feira de rua, Ludovico nos disse que uma "signora" andara nos procurando. Uma senhora? Dolores pediu que Ludovico a descrevesse. Ludovico não ouviu o pedido. Dolores teve que gritar. Mas eu não precisava ouvir a descrição do Ludovico. Ao entrar no hotel sentira um cheiro conhecido de perfume. Um perfume doce. O perfume da morte.

Como Quitéria nos encontrara? Foi a pergunta que Lo se fez várias vezes, enquanto enchia as malas. Ignorando as perguntas insistentes que eu fazia: o que Quitéria queria de nós? Por que estávamos fugindo dela? Lo me deixou no quarto de hotel com ordens para não sair de lá e não receber ninguém e foi tratar da etapa seguinte da nossa fuga. Ludovico acompanhou nossa saída do hotel com um agitado balé de consternação. Por que estávamos indo embora? Ele fizera alguma coisa? Era culpa dele? Algum problema com o encanamento? O que deveria dizer à "signora" que nos procurara, quando ela voltasse? Lo gritou no seu ouvido: "Diga que nos afogamos no Tevere!" "O quê?" "Não diga nada!" "O quê?" Lo continuou ignorando minhas perguntas no trem para Milão, depois no trem que atravessou a Suíça, até nossa chegada ao sombrio quarto de um hotel com um comprido nome alemão que seria nosso esconderijo em Viena — enquanto Quitéria não nos encontrasse.

10

Nos nossos primeiros dias em Viena, Lo me proibiu de sair do quarto. Ela mesma só saía do hotel atrás de um banco que a ajudasse a acessar sua conta em Paris. Não tinha parentes ou conhecidos em Viena e o dinheiro que trouxera na fuga — o nosso dinheiro — começava a rarear. Não teríamos o suficiente para pagar o hotel, se a penúria continuasse. Nos enchíamos de comida no café da manhã, que estava incluído na diária, e passávamos o resto do dia sem comer. Um martírio especialmente cruel em Viena, uma cidade feita de pão de ló e chantili. Finalmente Lo encontrou um banco disposto a lhe abrir uma linha de crédito até que chegasse dinheiro de Paris e comemoramos com um jantar no Hotel Sacher, onde comi três grandes fatias do sacher-torte. Lo se encantou com a minha boca lambuzada de chocolate e disse que mal podia esperar para voltarmos à nossa cama no hotel. Passamos dias, semanas, nos lambuzando mutuamente em Viena enquanto o medo de que Quitéria nos encontrasse outra vez amainava. Depois de um mês fui liberado para sair sozinho do hotel. Com dinheiro no bolso — o que Dolores me dava, complementado pelo que eu roubava da sua bolsa — conheci todas as confeitarias num raio de um quilômetro do hotel. Foi quando comecei a engordar.

11

Lo finalmente me contou quem era Quitéria e por que ela estava nos perseguindo. Eram primas e tinham dormido no mesmo quarto durante dois anos no internato em Genebra. Quitéria era religiosa. Forçava Dolores a rezar com ela todas as noites e a pedir a Deus que as salvasse dos pecados da carne. Mas dizia que ter um corpo já era um pecado irremissível. Contara a Dolores que Jesus Cristo estava sempre com ela. Uma noite, com as luzes já apagadas, Lo perguntara a Quitéria se Jesus Cristo estava com ela na cama, naquele momento. Quitéria respondera "Sim, ele está aqui. Posso senti-lo ao meu lado. Sinto seu hálito morno no meu rosto. Poderia abraçá-lo, se quisesse. Ele está aqui. Ele está aqui!".

Lo perguntara se também poderia ter Jesus Cristo na sua cama e Quitéria respondera que não. Ela era muito bonita, já tinha seios e seus seios eram muito brancos, Jesus Cristo não se deitaria sozinho com ela. Mas ela poderia ir para a cama da Quitéria, onde as duas aqueceriam Jesus e se aqueceriam. Quitéria jurara que salvaria Dolores da danação de ter um corpo, que nunca a deixaria a sós nem com Deus nem com o Demônio para tentá-los, e que guiaria seus passos por entre os alçapões do mundo. E tinham passado a dormir juntas todas as noites. Depois do internato viera a separação. A família de Dolores a levara para Roma, a de Quitéria emigrara para a Venezuela. De onde Quitéria mandava cartas quase diárias para a prima, alternando advertências sobre as tentações da carne e a importância de seguir todos os mandamentos da Igreja e declarações de amor. Uma vez mandara uma carta apenas com um coração trespassado por uma cruz, pintado com o que Lo julgara ser seu sangue menstrual. Quitéria voltara da Venezuela para a Espanha com a família e entrara numa organização religiosa ultraconservadora, o que não impedia que andasse sempre bem maquiada, com os olhos cercados de preto, e perfumada. Lo me contou que, depois que eu saíra da sala, quando Quitéria nos visitara em Paris, ela repetira:

— Ele é um anjo, um anjo.

E acrescentara:

— Do Demônio. Preciso livrá-la dele.

Minha Lo tentara convencer Quitéria que eu era apenas seu filho adotivo mas Quitéria insistira que teria que me tirar das suas mãos, que eu era a sua perdição. Que, com seu nome e sua tradição, Lo tinha a obrigação de defender a Europa cristã, mesmo que fosse apenas com o gesto simbólico de fechar as pernas.

12

Um dia, comendo um sorvete multicolor, sozinho numa das confeitarias mais ornamentadas de Viena, vi refletida num dos espelhos emoldurados em ouro... Não. Não podia ser. Mas era. A prima Quitéria! Antes que eu pudesse me esconder embaixo da mesa com tampo de mármore e pé de bronze contorcido ela estava do meu lado, e gritou:

— Rosé Rosé! Como você engordou!

Os beijos estalaram nas minhas bochechas indefesas. Não, ela não estava nos perseguindo. Que ideia. Aquilo era uma coincidência incrível. Ela estava em Viena para uma convenção da organização católica internacional a que pertencia, nunca sonhara encontrar-nos daquele jeito, por acaso. E por sinal, onde estava Dolores?

Dei o nome do nosso hotel errado. Quitéria sentou-se à minha frente, joelho a joelho, e pegou uma das minhas mãos entre as suas.

— Você é um anjo, um anjo.

E então me convidou para ir até o seu hotel, que ficava ali perto. Imediatamente pensei: ela não vai querer sexo com um anjo do Demônio. Portanto, vai me matar. Vai me sufocar com um travesseiro e depois irá atrás da Lo. Fui mais rápido. Quando chegamos ao seu quarto de hotel atirei-a em cima da cama e tapei seu rosto com um travesseiro. Deitei-me em cima do travesseiro e assim fiquei até que ela parasse de espernear. É preciso entender, leitor, leitora, que se eu não estivesse tão gordo não teria conseguido matá-la. As confeitarias de Viena tinham me preparado para aquele momento. Quitéria devia seu destino à sacher-torte. Quando levantei o travesseiro vi que o rosto dela era um borrão só, contorcido, rímel, batom e cal misturados. E o perfume doce aumentara com sua morte. O perfume impregnava o quarto todo. O perfume me seguiu quando saí do hotel e me envolveu como um halo quando voltei à confeitaria e pedi um apfelstrudel com creme.

13

Não tive tempo de contar a Lo que estávamos livres de Quitéria para sempre. Que matara a sua consciência e a sua morte. Que podíamos voltar para Paris, para Roma, para onde quiséssemos, sem medo. Lo não tinha paciência para ler os jornais em alemão e nunca ficaria sabendo que uma delegada espanhola ao Congresso da Regeneração em Cristo fora encontrada morta no seu quarto de hotel, aparentemente asfixiada. Continuaríamos em Viena. Mas, leitor, leitora, nosso amor não era mais o mesmo. Eu engordara demais. Não era mais um baianinho mimoso. O Zé Maria que dançava na praia de Porto Seguro desaparecera sob camadas de boa vida. Dolores não me chupava mais, não tinha mais seus orgasmos ruidosos, gritando "Rosé, Rosé!". Mas a verdadeira causa da nossa separação, o meu pecado imperdoável, foi fazer 14 anos. Naquela noite, quando voltei para o nosso quarto, ela fingia que dormia. Cochichei no seu ouvido "Dolores Fuertes de Barriga, você não me ama mais?" Ela continuou de olhos fechados. Insisti: "Lo, Lola, Lora..." E então ela roncou. Roncou! Um ronco exagerado, como o de um animal acuado para intimidar um predador. Minha senhora das dores me castigava por ter engordado e envelhecido. Foi o ronco que me fez decidir ir embora. De manhã, enquanto ela dormia, fiz minha mala em silêncio e peguei todo o dinheiro que encontrei no apartamento. E fugi, chorando. Se senti remorso por ter matado Quitéria, a nossa predadora? Não. Era ela ou eu. Às vezes ainda me lembro do seu rosto contorcido e suas cores misturadas como numa paleta. Mas me perdoei.

14

Dez anos depois eu estava morando no pequeno quarto que me deram na área de serviço do Hotel Splendid, em Montreux, Suíça, onde trabalhava como garçom. Estava com 24 anos. Tinha emagrecido, e começara a escrever, ainda sem saber bem por quê, esta minha história. Escrevia à mão e em português. Reaprendera a minha língua materna convivendo com os outros brasileiros do grupo Candombleu, do qual participei como ritmista e bailarino durante quatro anos, depois que voltei a Paris. Sim, bailarino. Junto com o português também recuperara alguns passos que fazia com Janaína nas areias de Porto Seguro. Antes e depois do Candombleu, fizera de tudo. Durante dez anos perambulara pela Europa, lavando chão, me prostituindo, fazendo literalmente de tudo. Nunca deixei para trás meu aparelho de som, meus discos e meus volumes de poesia. Para alguma coisa tinha servido a educação que Lo me dera, entre orgasmos. Acabara no restaurante do Splendid, num emprego que consegui porque era limpo e poliglota, embora desconfie que o cabelo encaracolado e os olhos verdes tenham ajudado. Eu fazia muito sucesso com as mulheres e não foram poucas as camareiras do hotel que bateram na minha porta no meio da noite, e entraram já tirando a camisola. Fiz amizade com um poeta russo chamado V.Sirin que morava no hotel com a esposa. Frequentemente, depois do almoço, quando a mulher dele ia dormir a sesta, ficávamos os dois à mesa, conversando em francês e bebendo o que restara do vinho, e ele já me convidara a acompanhá-lo na sua caça a borboletas na vizinhança do hotel. Ele era apaixonado por borboletas e xadrez. Infelizmente, eu não compartilhava das suas duas paixões, mas encontramos uma coisa em comum, que passou a dominar nossas conversas. Quando contei que estava escrevendo um livro sobre minha experiência com Dolores, ele arregalou os olhos e contou que tinha publicado um livro, usando um pseudônimo, que tratava de um assunto parecido, no seu caso o amor de um homem maduro por uma menina de 12 anos. Era o sucesso comercial do livro que lhe permitia morar numa suíte do Splendid e tomar uma garrafa de Cheval Blanc por dia. Talvez o meu livro tivesse o mesmo sucesso, com as mesmas recompensas. Lamentei que estivesse escrevendo em português, senão lhe daria o manuscrito para comentar. Ele disse, simpaticamente, que iria esperar a tradução. E, enigmaticamente, que uma vez testara Camões com o pé e recuara, sem mergulhar.

15

Eu conhecia o livro dele, que escandalizara meio mundo, de ouvir falar, mas não o tinha lido. Sirin não parecia muito disposto a comentar a reação provocada pelo livro. Ele era um poeta sério, um esteta, um cavalheiro, não era um pornógrafo. As pessoas não tinham entendido o livro, que compravam aos milhões pelas cenas eróticas que quase não havia. Perguntei se ele não concordava que nossas histórias eram histórias de amor. Ele concordou, mas depois se corrigiu. Amor, não. Obsessão. *Amour fou*. O livro dele era uma ficção, o meu seria uma autobiografia, mas os dois eram sobre o que ele chamava de uma patologia romântica, uma obsessão que transbordava de convenções morais e literárias, incompreendida e finalmente trágica. A minha história terminaria tragicamente? Respondi que eu recém-começara a escrevê-la e não sabia o seu fim. Decidi ali mesmo que leria o seu livro e talvez tomasse alguma coisa emprestada para o meu. Sua história era sobre o enlevo de um intelectual europeu por uma presa ainda malformada, simbolizando uma América em que a cultura europeia só sobrevivia como afetação. A minha era sobre o quê? Um anjo perdido, respondi. Ou pelo menos uma perdição, não estava bem clara de quem.

Ele comparava a literatura à lepidopterologia. Dizia que existem trilhões de personagens reais ou imaginários borboleteando pelo mundo à espera de um escritor que capture um espécime e o fixe numa história, como num estojo, com uma agulha. A agulha atravessa o personagem e o expõe, para a admiração, a estranheza ou o horror do mundo, para sempre. Lá estão, cada um no seu estojo eterno, Hamlet, Madame Bovary, Rascolnikov, Swann... Sirin reclamava que as borboletas dos arredores do Splendid eram comuns e que ainda não pegara nenhuma que merecesse ir para a sua coleção. Mas também nunca soubera de um personagem suíço que merecesse ser trespassado para a posteridade. Sirin repetia muito que as borboletas do Brasil eram maravilhosas. Devia ser para me agradar. Ou talvez para me convencer sutilmente a desistir da literatura e me dedicar a elas. Não sei.

16

E, como não poderia deixar de ser... Um dia Lo apareceu no restaurante do Splendid. A princípio não a reconheci. Os dez anos tinham feito estragos. Ela estava acompanhada de um europeuzinho com uma franja loura colada na testa. Ele não tinha mais do que 12 anos e já olhava ao redor com um nojo de gerações. Pedi informações na recepção do hotel, para ter certeza de que não me enganara. Era ela. E enteado. Estava em Montreux para um torneio de equitação. Aproximei-me da mesa deles como se fosse encher os copos com água. Simulei surpresa, com um certo exagero.

— Dolores Fuertes de Barriga!
— Y Obregon — corrigiu ela.

Não parecia estar surpresa. Ou talvez não me reconhecera.

— Soy Rosé Rosé.

— Eu sei. Sente-se.

Procurei o gerente do restaurante com o olhar. Ele já reclamara do meu hábito de sentar à mesa com Sirin depois do almoço. Garçons do Splendid não deveriam confraternizar com os clientes. O gerente só não insistira na reprimenda porque também visitava o meu quarto no meio da noite, e também entrava já tirando a camisola. Sentei-me.

— Este é Dieter — disse Lo, apontando para o garoto, que me ofereceu uma mão lânguida para apertar. Resisti à tentação de lhe dar um pontapé por baixo da mesa.

— Ele já conhece todos os poetas franceses?

— Todos.

— Vocês vivem em Paris?

— Sim. Num apartamento. Vendi a casa.

— E as banheiras em forma de cisnes?

— Estão num depósito.

— Que fim levou a Quitéria?

— Você é que deve saber. Você fugiu com ela.

— Eu?!

— Você pensou que eu não mandaria investigar o seu misterioso desaparecimento em Viena? Você foi visto pela última vez saindo de uma confeitaria com a Quitéria. Um garoto gordo com uma mulher de cara branca.

— Não era eu.

— Era. Sempre imaginei o que Quitéria faria com você. Castrá-lo, provavelmente. Ela ainda está viva?

— Não sei. Não fugi de Viena com ela. Nunca mais a vi, depois daquela vez em sua casa. Em nossa casa. Só senti o seu perfume...

— Não tem importância. Faz tanto tempo.
— Dez anos.
— Dieter, coma os seus aspargos.
Inclinei-me para falar no ouvido da Lo.
— Lo, lembra das glicínias?
— As quê?
— As glicínias. Na janela do nosso hotel. Em Roma.
— Não.
Pronto, pensei. Terminou.
Mentalmente, atravessei-a com uma agulha.

17

E passaram-se anos. Continuo no Splendid, onde hoje sou gerente do restaurante e trato os garçons com rigor. Nada de muita conversa com os clientes. Sirin e sua mulher já morreram. Li o seu livro e copiei algumas coisas, mas ainda não consegui publicar minha história, que passo o tempo todo retocando. Decidi que será um conto, ou um depoimento, uma confissão, sem a plumagem e as garras de um romance, como diria Sirin. Nunca mais vi a Lo. Ela tinha quase trinta anos mais do que eu, deve ter morrido. Ou então definha em algum asilo, esperando que a morte venha tirá-la para dançar. Meus cabelos encaracolados esbranquiçaram, minha próstata aumentou e ninguém mais visita meu quarto no meio da noite. Conclusão, leitor, leitora: nós podemos nos perdoar, mas a vida não nos perdoa.

Contículo

O avião sacudiu e o homem pegou a mão da mulher sentada ao seu lado.

— Desculpe — disse o homem. — É que eu...

— O senhor tem medo de voar, é isto?

— É. Na verdade, medo não. Pavor.

O homem continuava apertando a mão da mulher. Ela disse:

— Acalme-se. Foi só uma sacudida.

O avião deu outra sacudida. O homem gemeu e pediu:

— Você pode me abraçar?

A mulher relutou, mas concordou. Envolveu o homem nos seus braços.

— Obrigado — disse o homem. — Era o que a mamãe fazia, quando eu era garoto e nós viajávamos de avião.

— Pronto, pronto — disse a mulher. — Está tudo bem.

Outra sacudida.

— Eu posso agarrar o seu seio? — pediu o homem.

— Meu seio?!

— Para me lembrar da mamãe. Vai me dar mais segurança.

— Pode — disse a mulher, abrindo a blusa para o homem segurar seu seio.

Nisso ouviu-se a voz da aeromoça avisando que era para apertarem os cintos de segurança porque o avião estava entrando numa zona de turbulência.

— Ai, meu Deus — disse o homem. E para a mulher:

— Comece a tirar a roupa!

Obsessão

A culpa não é minha, delegado. É do nariz dela. Ela tem um nariz arrebitado, mas isso não é nada. Nariz arrebitado a gente resiste. Mas a ponta do nariz se mexe quando ela fala, delegado. Isso quem resiste? Eu não. Nunca pude resistir a mulher que quando fala a ponta do nariz sobe e desce. Muita gente nem nota. É preciso prestar atenção, é preciso ser um obsessivo como eu.

• • •

O nariz mexe milímetros, delegado. Para quem não está vidrado, não há movimento algum. Às vezes só se nota de determinada posição, quando a mulher está de perfil. Você vê a pontinha do nariz se mexendo, meu Deus. Subindo e descendo. No caso dela também se via de frente. Uma vez ela reclamou, "Você sempre olha para a minha boca quando eu falo". Não era a boca, era a ponta do nariz. Eu ficava vidrado no nariz. Nunca disse pra ela que era o nariz. Eu sou louco, delegado? Ela ia dizer que era mentira, que seu nariz não mexia. Era até capaz de arranjar um jeito de o nariz não mexer mais.

• • •

Mas a culpa mesmo, delegado, não é do nariz, não é dela e não é minha. A culpa é da inconstância humana. Ninguém é uma coisa só, nós todos somos muitos. E o pior é que de um lado da gente não se deduz o outro, não é mesmo? Você, o senhor, acreditaria que um homem sensível como eu, um homem que chora quando o Brasil ganha bronze, delegado, bronze? Que se emocionava com a penugem nas coxas dela? Que agora mesmo não pode pensar na ponta do nariz dela se mexendo que fica arrepiado? Que eu seria capaz de atirar um dicionário na cabeça dela? E um Aurelião completo, capa dura, não a edição condensada ou o CD? Mas atirei. Porque ela também se revelou. Ela era ela e era outras.

• • •

A multiplicidade humana é isso. A tragédia é essa. Dois nunca são só dois, são dezessete de cada lado. E quando você pensa que conhece todos, aparece o décimo oitavo. Como eu podia adivinhar, vendo a ponta do narizinho dela subindo e descendo, que um dia ela me faria atirar o Aurelião completo na cabeça dela? Capa dura e tudo? Eu, um homem sensível? Porque ela não era uma, delegado. Tinha outra, outras, por dentro. Tudo bem, eu também tenho outros por dentro. Por exemplo: nós já estávamos juntos havia um tempão quando ela descobriu que eu sabia imitar o Silvio Santos. Sou um bom imitador, o meu Romário também é bom, faço um Lima Duarte passável, mas ninguém sabe, é um lado meu que ninguém conhece. Ela ficou boba, disse "Eu não sabia que você era artista". E eu também sou um obsessivo. Reconheço. E a obsessão foi a causa da nossa briga final. Tenho outros por dentro que nem eu entendo, minha teoria é que a gente nasce com várias possibilidades e quando uma predomina as outras ficam lá dentro, como alternativas descartadas, definhando em segredo, ressentidas. E, vez que outra, querendo aparecer. Tudo bem, viver juntos é ir descobrindo o que cada um tem por dentro, os dezessete outros de cada um, e aprendendo a viver com eles. A gente se adapta. Um dos meus dezessete pode não combinar com um dos dezessete dela, então a gente cuida para eles nunca se encontrarem. A felicidade é sempre uma acomodação.

• • •

Eu estava disposto a conviver com ela e suas dezessete outras, a desculpar tudo, delegado, porque a ponta do seu nariz mexe quando ela fala. Mas aí surgiu a décima oitava ela. Nós estávamos discutindo as minhas obsessões. Ela estava se queixando das minhas obsessões. Não sei como, a discussão derivou para a semântica, eu disse que "obsedante" e "obcecante" eram a mesma coisa, ela disse que não, eu disse que as duas palavras eram quase iguais e ela disse "Rará", depois disse que "obcecante" era com "c" depois do "b", eu disse que não, que também era com "s", fomos consultar o dicionário e ela estava certa, e aí ela deu outra risada ainda mais debochada e eu não me aguentei e o Aurelião voou. Sim, atirei o Aurelião de capa dura na cabeça dela. A gente aguenta tudo, não é delegado, menos elas quererem saber mais do que a gente.

Arrogância intelectual, não.

Memórias

Estavam na casa de campo, ele e a mulher. Iam todos os fins de semana. Era uma casa grande, rústica, copiada de revista americana, e afastada de tudo. Não tinha telefone. O telefone mais próximo ficava a sete quilômetros. O vizinho mais próximo ficava a cinco. Eles estavam sozinhos. A mulher só ia para acompanhá-lo. Não gostava da casa de campo. Tinha de cozinhar com lenha enquanto ele ficava mexendo no jardim, cortando a grama, capinando, plantando. Foi da janela da cozinha que ela viu ele ficar subitamente teso e largar a enxada, como se a enxada tivesse lhe dado um choque. Ela correu para a porta da cozinha e gritou:

— São as dores?

Ele só pôde fazer "sim" com a cabeça. Ela foi buscá-lo. Trouxe-o para dentro de casa, amparando-o a cada penoso passo. Ele suava muito. Cheirava à terra. Ela perguntou:

— O remédio está com você?

Ele disse que não. Foi mais um grunhido. Subiram, a custo, os dois degraus da porta da cozinha. Ele não quis ir para a cama. Quis ficar na cadeira de vime da cozinha. Ia passar.

— Onde é que está o remédio?

Ele fez um gesto que queria dizer "por aí". Ela insistiu, já em pânico:

— Onde foi que você botou o remédio?

Com a mesma mão ele pediu tempo para pensar. Onde tinha posto o remédio? Ela não esperou. Foi revistar o casaco dele, pendurado no armário, perto da entrada. Não encontrou o remédio. Correu para o quarto deles. Ele tinha atirado tudo que trouxera da cidade — livros, revistas, alguns papéis do escritório — em cima da cama. Procurou nos bolsos da calça que ele também jogara na cama. O remédio não estava ali. Ela voltou para a cozinha:

— Onde é que você pôs o remédio?

Ele tentava reconstruir, mentalmente, tudo o que fizera ao chegar à casa no dia anterior. Desci do carro. Abri a porta da frente. Fui direto para o nosso quarto. Atirei os livros, as revistas e os papéis em cima da cama. Gisela estava embaixo dos lençóis, nua, só a sua cara sorridente para fora. Mas o que é isso? Não tinha ninguém embaixo dos lençóis. Ele fora ajudar a mulher a abrir as janelas. Depois... Depois o quê? Voltara para o carro e pegara os pacotes de comida. Levara para a cozinha. Saíra pela porta da cozinha e fora ligar a chave da luz que ficava do lado de fora. Vira o seu pai no meio do gramado, de costas para ele, chorando. Claro que não vira. Seu pai morrera antes de eles construírem a casa.

— Tente se lembrar! — gritou a mulher, assustada com a dor que via no seu rosto.

— Estou tentando. Olhe no carro.

Ela foi olhar no carro. Procurou no porta-luvas e no chão. Enfiou a mão dentro dos bancos. Nada. Voltou para dentro da casa e começou a abrir gavetas. Gritou para a cozinha:

— Você tem certeza que trouxe?

— Tenho. Tenho! — gritou ele, impaciente porque ela interrompera a sequência do seu pensamento. Troquei de roupa. Atirei as calças da cidade em cima da cama. — Procure nas minhas calças, no quarto!

— Já procurei! — gritou ela.

A dor estava aumentando. Ele precisava organizar seu pensamento. Biguá, Bria e Jaime. O quadrado da hipotenusa. Calma, calma. Botei minha roupa de jardineiro. O remédio devia estar junto com as coisas de banho que a mulher sempre trazia numa sacola de plástico. Bauer, Eli e Bigode.

— A sua sacola de plástico.

— Eu nunca trago o remédio na sacola. Você é que traz com você.

— Deve ter caído no chão.

— A dor não está passando?

— Não.

Ela correu para o quarto e começou a engatinhar. O remédio devia ter caído do bolso quando ele tirara as calças. Ela procurou embaixo da cama. Nos cantos. Atrás do armário. Voltou para a cozinha. Estava com a cabeça atirada para trás.

— Não melhorou?

— Mais ou menos...

Mas não tinha melhorado.

— Pense!

Ele tentou limpar a cabeça. Dar uma varrida no cérebro. Moldá-lo. Comandá-lo. Fazê-lo pontiagudo e preciso. Campidoglio. Mas que Campidoglio? O remédio. O remédio. O cérebro era como o pau, impossível de controlar. Gisela, Gisela. Emplastro de Vick Vaporub. As caixas de pó da sua mãe. O Vingador no rádio. Buscapé. Quem é que usa as cuecas do Fiuza? Era como se ele quisesse enxergar alguma coisa e fosse atrapalhado por nuvens, teias, fios de açúcar, o cheiro da loção do seu pai, fios de açúcar, o parque, seu pai no meio do gramado, de costas para ele, tentando segurar o choro e não conseguindo, pipoca, puxa-puxa, a volta para casa no carro, de noite, no colo de quem, de quem? O cheiro de madressilva.

— Eu vou até a cidade comprar o remédio.
— Não deve ter...
— Eu vou até lá. Como é o nome do remédio?

Oswaldo Baliza. Não, esse era o goleiro do Botafogo. Tanta coisa inútil. Um bom martíni deve ser mexido, nunca sacudido. "Laura" era a Gene Tierney. O nome do remédio. Concentre-se. Caixinha branca, tarja vermelha. Começa com "T". Thuran Bey. Não. "Triste é cantar na solidão..." Talmud. Trilateral. Tesão. (Gisela, Gisela!) Bauer, Ruy, não Eli, e, e...

— Noronha!
— O quê?
— Não. Começa com "t"...

A mulher disse que não importava. Na farmácia deviam saber. Ou então ela procuraria um remédio. Onde é que estavam as chaves do carro?

— Deixe eu pensar...
— Ai meu Deus...

Ele procurou as chaves do carro dentro do cérebro. Dentro de uma caixa de pó, redonda, da sua mãe. "Seu pai se suicidou..." Fios de açúcar. Biguá, Bria e Jaime. Procurou dentro de uma caixa de charutos do avô que tinha transformado em projetor. Onde estão as chaves do carro? Dentro das latas com sua coleção de tampinhas de garrafa não estavam. Atrás dos livros na prateleira do pai, onde ele um dia descobrira um livro pornográfico, também não. A mulher agora segurava o seu rosto entre as mãos.

— Pense! As chaves do carro!

Era preciso se organizar. O nome dos seus filhos. Fernando e Felipe. O nome dos netos. Deixa ver. 31-33... Não, esse era o número do telefone da Gisela. 4-16-7. A combinação do cofre. 0086... Não, seu CPF não interessava. As chaves do carro! Ásia, África, Europa, América e Oceania. As treze capitanias hereditárias. Amapola, lindíssima Amapola. Aquela vez em Roma, no Campidoglio, em que... Não era isso! As chaves do carro. O remédio. O nome do remédio. Estava com o cérebro entulhado. As coisas que a gente acumula! Miltinho e Helena de Lima. As armas e os barões. O Gordo e o Magro. Os negócios. Os negócios mataram seu pai. O sapo que um dia entrara na cozinha da casa de campo. Um sapo marrom, latejante. *C'est si bon.* As ruas de Copacabana, Prado Júnior, Hilário de Gouveia. Ou Ronald de Carvalho? Orca, a baleia assassina. Homem Bala. Namor, o Príncipe Submarino. Começavam a brotar caras. Na busca das chaves tinha perfurado um cano de caras. Colegas da escola. Professores. O tenente Bandeira. O cérebro alagado de caras. Delírio. Agora mesmo é que não ia encontrar mais nada. Gisela. O tio Tonico! Einstein. Rita Pavone. Ouviram do Ipiranga. Tentaste flertar alguém. Tudo menos as chaves!

A mulher procurava, de novo, nas gavetas. Despejou o conteúdo da sua bolsa no meio da sala. Foi ao banheiro e despejou no chão o que tinha na sacola de plástico. Voltou para a cozinha.

— Passou a dor?

— Está passando.

Não estava. Estava piorando. Ela disse que iria a pé até a casa mais próxima, buscar ajuda. Ele gritou:

— Não!

Não queria ficar sozinho com as suas memórias. Seu cérebro estava tentando matá-lo. Era isso. Estava sendo assassinado por banalidades. Se lembrara de coisas de quando tinha 4 anos de idade e não se lembrava onde pusera as chaves do carro. Ou o remédio. Era tudo química, ele sabia. Enzimas, células, combinações celulares. Nada pessoal. Quanto mais se pensava sobre pensar mais havia sobre o que se pensar. O coração era o que mantinha vivo o mecanismo que mantinha o coração vivo. A morte é a última coisa que eu quero que me aconteça. Alguma coisa no seu cérebro não queria que ele encontrasse o remédio. Ele procurava as chaves do carro e a salvação e encontrava o gosto da papinha de frutas que comia quando ainda não tinha dentes. Era uma conspiração. Veja ilustre passageiro. Todas as coisas sem importância armazenadas em 50 anos de vida agora entulhavam os corredores. Sua ânsia de viver queria matá-lo. Emergência! Emergência! Desobstruam todos os acessos. Isto não, repito, NÃO é um treino. O remédio. As chaves. Sua mulher. Como era mesmo o nome dela? Os Zugspitzartisten. Por que diabo estava se lembrando dos Zugspitzartisten? Onde estava sua mulher?

Ela saíra. Devia estar correndo pela estrada. Ela que tinha horror de barro e de mato. Ele ia morrer. Sério, agora. Era uma armadilha. Eu mesmo me atraí para aqui, comprei esta casa solitária com meu próprio dinheiro e esqueci onde botei os remédios e as chaves do carro. Devia ter desconfiado de mim mesmo quando fiz questão de não instalar telefone. Seu pai dera um tiro na memória. Quem se mata, mata a sua mortalidade. O suicídio e a masturbação são manifestações clandestinas de autogratificação que o sistema não previa. Como as hortas privadas nos regimes comunistas. Biguá, Bria e Jaime. Eli, Danilo e Bigode. O homem é o único animal que se mata. O homem é o único animal que coleciona figurinha de bala. O homem é o único animal que faz caretas para a sua própria câmera. O homem é o único animal que lambe os pés de Gisela. A dor aumenta. Eu vou morrer. Meu cérebro, purgado pelo terror, transforma-se. Torna-se grave e agudo. Está pronto para a última revelação. Sério, agora. O que nós não podemos conceber é não ter a memória da nossa morte. É não poder pensar nela depois. Não poder relembrar com os amigos no velório. Passamos a vida inteira nos preparando para a nossa morte e quando ela vem não podemos assistir. A morte não tem depois. Isto não é um treino. Meu pai se matou por causa dos negócios. Paguei suas dívidas, reergui os negócios, tenho nome e casa de campo. Mas ele deve, um dia, ter procurado alguma coisa no fundo do cérebro e dado com aquele horror, como um sapo latejando. O homem é o único animal que soluça escondido. Se matou porque era mortal. Porque o seu filho era mortal.

Sério, agora. Chega de banalidades. Já que eu vou morrer, que venha a última revelação. No fim até os tolos são trágicos. Até o caramujo, na hora da sua morte, participa do grande drama da existência. O homem enche a cabeça de bobagens porque não suportaria a única ideia que traz no fundo, a de que vai acabar. O cérebro é um tubarão. Não pode parar senão vai para o fundo. Mas agora eu quero. Pousar no fundo. Atravessei camadas de fios de açúcar para chegar ao meu centro. Chega de desconversa. Não sinto mais dor. Talvez já tenha morrido. Estou no fundo. Sim, sim. É uma clareira numa floresta escura. Chegou a hora. Vejo cipós reluzentes. Muita umidade. Bem no meio da clareira, no centro do centro, há uma pedra grande. Maior do que eu, seja lá quem eu for. A pedra é escura. Há alguma coisa escrita em letras brancas. Enfim, a explicação de tudo. Me aproximo, como se boiasse. No fim todo homem tem direito, pelo menos, à solenidade. Voltei ao meu começo. A primeira pedra. A revelação. Já posso ler as letras brancas. Sério, agora.

    Na pedra está escrito: "Casas Pernambucanas".

    Depois ficou tudo escuro.

A mancha

Enriquecer. Rogério achava engraçada aquela palavra. Quando lhe perguntavam o que ele fizera depois de voltar do exílio e ele respondia "enriqueci" era como se fosse alguma coisa orgânica. Como se dissesse "engordei" ou "perdi os cabelos". As pessoas riam e não pediam detalhes, não perguntavam "Enriqueceu como?". Se ele dissesse "fiquei rico" teria que explicar. Contar que comprava e vendia imóveis, pegava casas e prédios abandonados, reformava e vendia, ou demolia e negociava o terreno. Mas dizer "enriqueci" era uma maneira de desconversar. De dizer que enriquecer lhe acontecera como qualquer outra fatalidade biológica. Não era culpa sua. Os poucos que conheciam a sua vida riam da resposta como quem diz: "Bem feito!"

Comprava e vendia imóveis. Comprava barato, arrumava e vendia ou demolia. Vivia atrás de prédios decrépitos, de casas em ruínas, de sinais externos de abandono. Dedicava-se àquilo como alguém que se entrega a uma causa. A mulher, Alice, já se acostumara com suas freadas bruscas, sempre acompanhadas da frase "Olha ali!", quando ele avistava outro edifício morto, outro jardim selvagem, outro possível negócio. Alice dizia "Bendito cinto de segurança", porque o cinto salvara seu rosto e seu casamento mais de uma vez. Rogério descia para examinar o prédio e não era raro deixar o carro parado no meio da rua com a mulher dentro aguentando as buzinadas. Ela o conhecera depois do exílio, depois de tudo passado. Já o conhecera assim, agitado, estabanado. Tendo pesadelos. Dizia: "Deixa o passado no passado, que é o lugar dele, Rô." Não sabia se ele já era assim antes do exílio, antes de se conhecerem, antes de passarem uma noite inteira discutindo cinema, discordando em tudo e se apaixonando. A mãe dele não ajudava. Dizia "Ele sempre foi muito ansioso". Mas o exemplo que dava era o jeito dele de comer pêssego quando garoto.

Ele se mantinha informado sobre heranças litigiosas, falências, despejos, sinais de inadimplência e impostos atrasados, tudo que pudesse indicar a existência de uma propriedade desvalorizada em algum lugar para comprar barato, arrumar e vender ou destruir e enriquecer ainda mais. E dirigia olhando para os lados. Examinando as fachadas dos prédios. "Procurando os cariados", dizia. Era a sua causa, por ela ele sacrificava tudo. Percorria a cidade, de carro, atrás de sinais de decomposição. Dizia que rodeava a cidade como um cachorro faminto rondando um refeitório, atento para as sobras. Ou para comida deteriorada. O sogro, pai de Alice, que era do ramo imobiliário, dizia: "Ele vive do nosso lixo." E chamava-o de "Rogério, o Demolidor".

— Olha ali!

Freada brusca. Era um prédio estreito de quatro andares. Recuado, atrás de um muro baixo e de um terreno de terra batida que a vizinhança adotara como depósito de lixo.

— Rogério, nós estamos atrasados. Deixa para ver depois.

Estavam indo conhecer a casa nova do irmão dela. Jantar marcado para as nove, já eram nove e quinze. E a casa ficava fora da cidade.

— Vou dar só uma olhada rápida.

O portão do muro baixo não existia mais. A porta do prédio estava trancada. Nenhum cartaz, mas uma plaqueta pregada na porta: "Tratar com Miro" e um número de telefone. A plaqueta era pequena. Miro não parecia muito interessado em vender. E era antiga. Ninguém que tratara com o Miro nos últimos anos fechara negócio. Rogério anotou o número na sua agenda. Sempre carregava uma agenda no bolso, para anotações como aquela. Era um homem organizado, apesar da agitação constante. Deu alguns passos para trás para examinar a frente do edifício. Não havia muito o que fazer com ele. Com aquela largura, dava para uma peça na frente, mais duas ou três atrás, no máximo. Escritórios. Todo o prédio como sede de um pequeno negócio. Nem pensar em instalar elevador. Talvez valesse pelo terreno. Trataria com o Miro.

— E esta nossa política, seu Rogério? E esta nossa política?

O cunhado, Léo, que era dos que conheciam a sua vida, gostava de provocar Rogério. Instruía o filho de 5 anos:

— Diz pro tio Rogério o que você é.

E o menino, enfatizando as sílabas:

— Re-a-ci-o-ná-ri-o.

— "Como o papai." Diz.

— Co-mo o pa-pai.

— Esse menino está feito na vida — dizia Rogério.

— O titio é que está feito na vida, não é, Duda?

— É — dizia o garoto.

— Você conhece algum deles que não esteja feito na vida, meu filho?

— É — repetia o garoto, desinteressado.

A casa nova do cunhado era um casarão num condomínio fechado. O cunhado tinha saído a caminhar com ele depois do jantar. Para mostrar as canchas de tênis e o lago, iluminados.

Tudo comunitário. Para cada um de acordo com suas necessidades. "É o novo comunismo", dissera Léo, apertando o braço do cunhado. A área era toda cercada e patrulhada por guardas armados. O maior custo do condomínio era com segurança, mas o cunhado dizia que tranquilidade não tinha preço.

— E esta nossa política, seu Rogério? O que você me diz? — provocava o cunhado.

— Não posso me queixar — dizia Rogério.

O prédio estreito de quatro andares era da mãe do Miro. O filho cuidava dos negócios dela. A mulher não tinha pressa em vender, mas se a oferta fosse boa... Combinaram um encontro para Rogério ver o prédio por dentro. Miro era gordo, com uma barba cerrada, e vestia um casaco de couro preto, apesar do calor. Tinha, provavelmente, metade da idade de Rogério mas respirava com dificuldade e pediu licença para não subir a escada. Rogério podia subir, examinar o que quisesse. Ele esperaria ali.

No primeiro andar, a escada terminava no começo de um corredor escuro que levava para o fundo do prédio. Virando à esquerda e passando o início do segundo lance das escadas, dava-se na porta aberta da única peça do andar com vista para a frente do prédio, e de onde vinha a luz que permitia a Rogério enxergar onde pisava. As janelas da peça eram dois buracos vazios. A primeira coisa que chamou a atenção de Rogério na sala foi o chão coberto por um carpete. Um incongruente carpete fino, de má qualidade mas inteiro, cobrindo o assoalho de parede a parede. Também fora a primeira coisa que ele notara anos antes, numa outra sala, numa outra vida, quando o negro tirara a venda dos seus olhos. O carpete incongruente. Lembrava-se de pensar que provavelmente a sala servia para outra coisa e na adaptação apressada não tinham se lembrado de tirar o carpete. Rogério caminhou até as janelas e espiou para fora. O gordo Miro estava na frente do prédio, chutando o chão de terra batida e fumando. Rogério virou-se e viu a mancha no chão. Um mapa da Austrália, mais escuro do que o resto do carpete. Em seguida, sem pensar, mas pressentindo com alguma parte das suas vísceras o que veria, olhou para a parede à sua esquerda, perto do teto. Lá estava ele. O perfil do Don Quixote. As paredes estavam cheias de estrias, em algumas partes o reboco tinha caído, como que arrancado a dentadas, mas o perfil do Don Quixote — o nariz adunco, a barba pontuda, até o gogó — continuava lá, inconfundível, desenhado em sépia sobre o fundo branco pela umidade.

Miro não sabia quem tinha ocupado o prédio. Não sabia nem quando ele fora construído. Podia perguntar para a mãe, mas duvidava que ela soubesse. Ela nunca sequer vira o prédio, parte da herança do pai, ou da mãe, ou de um avô, ele não sabia bem.

E agora a mãe não podia mais sair de casa. Rogério perguntou quanto queriam pela propriedade, mas não esperou Miro completar a resposta.

— Bom, só o terreno vale...
— Feito.
— Espera aí. Eu ainda não disse o preço!
— Desculpa.
— O senhor está passando mal?
— Não, não. Por quê?
— Parece meio...
— Não, não. Isso é normal. Quanto vocês querem?

Dessa vez, Rogério fingiu que prestava atenção e fingiu que hesitava antes de dizer "Feito". Combinaram se encontrar no dia seguinte, para tratar da papelada. E Miro ficou de tentar descobrir alguma coisa sobre a história do prédio. Principalmente no período dos anos 60, começo dos anos 70, por aí, pediu Rogério.

— Anos 70?! — espantou-se Miro, fazendo uma careta. — Duvido que alguém ainda se lembre de alguma coisa dos anos 70...

Rogério ficara de pegar a filha no balé. Quando chegou em casa sem Amanda a mulher gritou:

— Francamente, Rogério!
— Esqueci, esqueci. Vou buscá-la agora.
— Eu vou. Pode deixar, eu vou.

A filha entrou em casa indignada. O pai a fizera esperar quase uma hora. No carro, ouvira as queixas da mãe. "Seu pai está cada vez pior!"

Chegou protestando:

— Francamente, papai!

— Amêndoa, Amandinha. Amandíssima...

— Nem vem.

— Dá um beijo no seu pobre pai, vai.

— Não-o!

— Perdão para os patetas!

— Me larga!

No quarto, começou a dizer a Alice que tinha uma coisa para lhe contar mas ela não quis ouvir.

— Você não pode continuar desse jeito, Rogério. Só pensando no trabalho. E sempre essa agitação. Essa tensão. Você sabe que dorme com os dentes trincados? Sabe?

— Deixa eu te contar o que aconteceu hoje.

— Eu não quero ouvir. Vou tomar meu banho.

— Eu conto pra você no banho.

Mas Alice fechou a porta do banheiro antes que ele pudesse entrar.

Mais tarde, na cama, ela ouviu. Disse que ele não podia ter certeza de que era o mesmo prédio. Ele não lhe contara que nunca vira o prédio, que era levado para lá com os olhos vendados?

— Mas eu reconheci a peça. E a mancha está lá, no chão. A mancha do meu sangue.

— Não pode ser.

— E o Don Quixote na parede.

— Depois de tantos anos, está tudo como antes? Um prédio caindo aos pedaços?

— Justamente por isso. Vai ver ninguém ocupou o prédio depois. Só tiraram os móveis e deixaram tudo como era. O carpete, as paredes como estavam. Nem eram muitos móveis. Na peça, só tinha uma cadeira de ferro onde nos botavam e uma espécie de sofá onde eles sentavam. Um sofá mole. Eu te contei. O negro se afundava no sofá.

— Pensa um pouco, Rogério. A peça fica na frente do prédio. Dá para a rua. Você acha que eles iam fazer uma sala de tortura na frente do prédio, para todo o bairro saber?

— Mas eu me lembrei de tudo. Das duas janelas, de tudo. E a mancha do meu sangue está lá.

— Depois de quarenta anos, você reconheceu a mancha do seu sangue num carpete. Está bom...

— E o perfil do Don Quixote na parede.

— Rogério, eu só te peço um favor. Não fale nada disso na frente da Amanda.

Foi como dizer "Não traga seu passado para dentro de casa".

Rogério gostava da cara que o seu Afonso, seu mestre de obras, fazia sempre que examinava pela primeira vez um prédio que iria reformar. Era uma cara de desânimo. A cara dizia "O que é que me arranjaram agora?". E seu Afonso sempre terminava sua apreciação com a mesma frase: "Vamos ver no que vai dar", num tom que advertia para não esperarem muito dele. O Rogério queria fazer o que com aquele prédio magro e feio?

— Vamos só dar uma limpada e tapar os buracos.

— Posso começar na terça.
Rogério hesitou. Terça. Talvez não.
— Dê uma segurada, seu Afonso. Ainda tem uns problemas com os papéis. Eu aviso quando for para começar.
Não havia problema com os papéis. As negociações com Miro e sua mãe tinham sido rápidas e a documentação estava toda em ordem. Ele podia fazer o que quisesse com o velho prédio, sem demora. Pô-lo abaixo ou transformar num palacete. Rogério não sabia por que hesitara. Ou sabia. Não saberia era explicar.

— O Glenn Ford gosta de bater.
Rubinho, seu companheiro de cela, avisara que o pior deles era um parecido com o Glenn Ford. O Glenn Ford não usava nenhum instrumento. Nem protegia as mãos. Batia com o punho ou a mão aberta e sorria só para um lado, como o ator. E os outros?
— O negrão não participa. Tem um magrinho, de bigode, que é o que mais fala. Esse ameaça com um porrete. Eles também têm um negócio elétrico, um tipo de dínamo, para dar choque. Já me mostraram mas ainda não usaram.
O negro era o encarregado de levá-los para o interrogatório. Iam com os olhos vendados no banco de trás de um carro, com o negro ao lado. Um de cada vez. Subiam um lance de escada. Era o negro que retirava a venda quando chegavam à sala. Na primeira vez, Rogério ficara sentado na cadeira de ferro com as mãos algemadas por baixo de um dos braços da cadeira e o negro afundado no sofá mole, com os joelhos quase mais altos do que a cabeça, esperando, por

meia hora, sem se falarem. Rogério olhando em volta, o carpete surpreendente, o teto, as paredes, as formas que as marcas de umidade tomavam no reboco. Tentando se recuperar do pavor que sentira dentro do carro, com os olhos vendados. Tentando se controlar. Aquela mancha ali parece um dragão. Aquela podia ser um chapéu. Aquela, um perfil do Don Quixote de la Mancha, sem tirar nem pôr. Uma mancha do Don Quixote em vez de um Don Quixote de la... E então o magrinho de bigode entrara na sala. Sem porrete. Apenas perguntara:

— O que você é do Alcebíades?
— Quem?
— Do Alcebíades. O sobrenome é o mesmo.
— Não sei.
— Não sabe. Má notícia, meu jovem.

E o magrinho de bigode saíra da sala, depois de fazer um sinal para o negro, que era grande e pesado e levara algum tempo para se livrar do sofá mole e ir abrir as algemas. Depois a venda nos olhos e a viagem de volta no carro com a coxa do negro colada na sua.

Na primeira vez, Rogério não vira o tal negócio elétrico. Nem o Glenn Ford. Mas ele voltaria à sala atapetada. Não ser parente do Alcebíades, aparentemente, era um erro.

Estranho. Rogério nunca sonhava com sua prisão. Não sonhara nem no exílio. Mas tinha um sonho recorrente. Seu pai repreendendo-o, dizendo "Nós criamos você pra cuidar da fazenda, e veja o que você fez. A fazenda está abandonada. Não tem ninguém cuidando da fazenda!". E ele tentando esconder o rosto.

Não sabia o que significava o sonho. A família nunca tivera fazenda. Seu pai nunca fora dono de nada, além da casa com a oficina no fundo. "E agora?", dizia o pai no sonho. "Vou voltar do exílio e vou pra onde?"

Miro não descobrira nada sobre o histórico do prédio. Provavelmente nem tentara. A mãe dele tinha uma vaga ideia de ter alugado dois andares para uma firma de dedetização, ou coisa parecida. E só. Na vizinhança do prédio, ninguém se lembrava de vê-lo ocupado. Rogério tirou uma tarde para ouvir a vizinhança.

No lado oposto da rua, descobriu uma senhora que morava ali desde 1950.

— Fins dos anos 60, começo dos anos 70. A senhora não se lembra de movimento no prédio? Carros chegando. Gritos lá de dentro.

— Gritos?

— Movimento. Carros chegando e saindo.

— Não. Desde que eu me lembro, aquilo só é depósito de lixo.

— Tem certeza?

— Anos 70, meu filho. Quem é que se lembra dos anos 70? Eu não lembro mais nada.

— Derruba logo esse prédio, Rogério — disse Alice. — O terreno parece bom. Vende para uma construtora. Ou constrói você mesmo.

— Você quer ir lá olhar?

— Olhar o quê?

— A peça. A mancha. Pra ter uma ideia.

— Eu não! Estou te dizendo pra esquecer e você me pergunta se eu quero ver? Você nem sabe se é o mesmo prédio. E fica aí remoendo o passado.

— Eu sei que é.

— Então esquece. Põe abaixo. Não fica remoendo.

— É o meu sangue que está lá no chão, Alice.

— Não é. E se fosse, de que adiantaria? Você quer o sangue de volta?

— Não é isso.

— O que é então?

— Não é isso.

— Tenta esquecer, Rô. Fazia anos que a gente não tocava nesse assunto. Por que ficar se atormentando agora? É tudo passado. Deixa o passado no passado, que é o lugar dele. Ou destrói e constrói outra coisa mais bonita no lugar. Não é o que você faz?

O Glenn Ford fizera uma cara de nojo, depois de impaciência.

Acertara sem querer no nariz, que começara a sangrar.

— Olha o que você está fazendo no tapete.

Era como a sua mãe, reclamando da sua sofreguidão ao comer pêssego. Ele sempre sujava a camisa. Um dia ainda iria engolir o caroço e morrer engasgado.

— Põe a cabeça pra trás.

O Glenn Ford tentara forçar sua cabeça para trás mas as algemas presas num pé da cadeira de ferro mantinham a sua espinha arqueada e a cabeça pendente. O sangue pingava diretamente no chão.

— Olha que cacaca. Ó Bedeu, pega um pano molhado.

O negro demorou para sair do sofá mole. Quando voltou com um pano molhado já havia uma poça de sangue no carpete. O Glenn Ford apertou seu nariz com o pano molhado. O pano ficou empapado de sangue. O Glenn Ford desistiu.

— Tira este filho da puta daqui. Deste jeito não adianta.

No carro, o negro segurou o pano contra o seu nariz. Disse, como se fosse o parecer de um velho observador de interrogatórios, ou um reconhecimento de que, apesar da revolta do Glenn Ford, a culpa por sangrar tanto não era do Rogério:

— Nariz é foda.

Foram as únicas palavras que Rogério e Rubinho ouviram o negro dizer, no tempo todo.

Os dois eram levados para interrogatório em dias alternados, ou um de manhã e o outro à tarde. Um dia Rubinho foi levado e não voltou. Dezoito anos depois, num 2 de janeiro, Rogério viu no jornal a foto do primeiro bebê nascido na cidade naquele ano-novo, poucos minutos depois da meia-noite. O bebê, chamado Sidnei, no colo da mãe. A mãe olhando ternamente para o bebê. E ao lado da mãe, sentado na cama, olhando para a câmera e sorrindo com orgulho, o Rubinho! Identificado na legenda como o pai da criança, Alcides Sunhoz Filho, jornalista. Parecia mais gordo mas não mudara muito. A mesma testa alta, as mesmas orelhas grandes. Não havia dúvida, era o Rubinho. Foi fácil para Rogério localizá-lo. Marcaram um encontro.

— Eu não me lembrava do seu nome — confessou Rubinho, quando se encontraram.

— Eu nunca esqueci o seu. Só que era um nome falso.

— Pois é. Nem me lembro por que "Rubinho". Não tinha nada de heroico, né? O perigoso revolucionário Rubinho.

— O que você faz?

— Sou RP de uma empresa. Jornalismo, mesmo, não deu mais.

— Você ficou preso, ou...

— Fiquei, por um tempo. Depois me soltaram. Você?

— Fiquei uns anos fora do país. África, depois Europa.

— E fez o quê, na volta?

— Enriqueci.

O outro riu, e não pediu mais detalhes. Contou a sua experiência.

Voltara ao jornalismo e chegara a ter uma coluna assinada, mas com pseudônimo. Pois é, outro codinome. Escrevia sobre cinema. Rogério talvez a tivesse lido, às vezes. Ele assinava-se Marcello. Homenagem ao...

Rogério de boca aberta. Outra coincidência.

— Você não vai acreditar. Sabe que você é responsável pelo meu namoro com a minha mulher? A primeira conversa que tivemos foi uma discussão sobre a sua coluna. Um filme que você e ela tinham amado e eu tinha odiado. E o Marcello era você! Olha só.

O sorriso orgulhoso do Rubinho era o mesmo da foto na maternidade.

Tinham trocado endereços, telefones e promessas de fazerem alguma coisa juntos, assim que o recém-nascido Sidnei deixasse a mãe sair de casa. A Alice ia adorar conhecer o "Marcello". Mas em quinze anos não tinham se visto mais. Agora Rogério procurava o nome verdadeiro do Rubinho na lista telefônica. Como era mesmo?

Arlindo Soares. Alcino Sunhê. Alguma coisa assim. Então lembrou-se de que tinha tudo anotado numa agenda. Costumava guardar suas agendas, em ordem, por ano. Em que ano fora aquele encontro? 87 ou 88. E ele anotara qual nome, sob que letra? Procurou Rubinho.

Lá estava (Rubinho), depois (Marcello!), entre parênteses, e Alcides Sunhoz, com o endereço e o telefone. Ligou para o número, acrescentando o prefixo que ainda não existia na época. Quem atendeu tinha voz de adolescente. "É o Sidnei."

— Seu pai está?

Alcides Sunhoz também custou a se lembrar.

— Quem é, mesmo?

Depois se lembrou. Claro, claro, poderiam se encontrar. Mas Rogério notou uma ponta de irritação na sua voz. Ele provavelmente também achava que lugar do passado era no passado.

— Como está o Sidnei?

— Está ótimo.

— Ele está com quê, 15 anos?

— Quinze. E você, tem filhos?
— Uma filha. Doze anos. Amanda. Mimadíssima. Sabe como é, filha única de pai velho...
— Sua esposa é...
— Alice. Você não chegou a conhecê-la, da outra vez. Ela gostava muito do que você escrevia, sobre cinema. Nós gostávamos. Você nunca escreveu mais nada?
— Nada. Nem vou mais a cinema.
— Escuta.
— Culturalmente, virei uma batata. Politicamente também.
— Escuta. Naquele nosso encontro, não chegamos a falar muito sobre a nossa experiência em comum. Na cela, e naquele lugar que nos levavam. Que o Bedeu nos levava.
— Porra. Bedeu. Esse nome eu nunca vou esquecer.
— E o Glenn Ford?
— Glenn Ford?!
— Lembra? O mais filho da puta. O que gostava de bater.
— É mesmo! E sorria só prum lado. O outro, o magrinho, o Wilson Grey, usava um porrete, mas batia mais na cadeira do que na gente. Era a ideia dele de coação psicológica. Sempre de paletó e gravata, lembra?

Ele ficou sério. Quando falou outra vez, foi com a voz embargada. Talvez fosse a primeira vez que falasse naquilo com alguém.

— Sabe que eu não me lembro de ter medo? Tinha raiva. Nunca sabia o que ia acontecer, se iam nos matar ou não. Mas não tinha medo. Você?

— Eu ficava apavorado no carro. Com os olhos vendados, sem saber exatamente para onde estavam nos levando. Lá, na cadeira, o sentimento era de ultraje. A palavra é essa. Desamparo e ultraje. Mas pelo menos nunca usaram o dínamo, lembra? Devia estar estragado.

Rogério viu que o outro tinha baixado a cabeça. Estava de olhos fechados, com o queixo enterrado no peito, obviamente tentando se controlar.

— Desculpe, eu... — começou Rogério.

Rubinho sacudiu a cabeça e fez um sinal de "tudo bem" com a mão. Mas levou algum tempo até conseguir falar.

— O que nos fizeram, não é mesmo? — disse, finalmente. — O que nos fizeram.

— Escuta...

— Terrível, né? De tudo aquilo, o que ficou foi a autopiedade. Olha aí, estou até tremendo. Nada foi conquistado, nada foi purgado. Só nos quebraram.

— Escuta. No outro dia, por acaso, eu descobri a sala.

— A sala?

— Onde nos interrogavam. A da cadeira de ferro e do carpete.

— Não me lembro de nenhum carpete.

— Identifiquei a sala pela mancha de sangue no carpete. E por uma mancha na parede.

— Não me lembro de mancha de sangue.

— Quando eu sangrei do nariz, lembra? Quando o Glenn Ford me acertou o nariz.

Rubinho pôs-se de pé. Estavam num café, tinham dividido uma cerveja. Rogério segurou o seu braço para detê-lo.

— O que você quer? — perguntou Rubinho. — Tenho que ir embora. Um relações-públicas depressivo não serve pra nada.

— Eu queria que você visse a sala.

Rubinho livrou seu braço da mão de Rogério.

— Pra quê? Pelos velhos tempos? O que você quer fazer? Quer que aquilo signifique alguma coisa? Não significou nada. Só significou que nos pegaram e nos quebraram.

— Eu queria que você também identificasse a sala.

— Eu tenho que ir embora. Quanto é essa merda?

— Eu pago.

— É mesmo, você é rico. Então paga. Nós não temos nada em comum, está entendendo? Ficarmos na mesma cela significou tanto quanto, sei lá. Meu filho ser o primeiro bebê a nascer no estado em 1988. Foi uma casualidade, significando nada.

— Senta aí, pô. Vamos conversar.

— Conversar sobre o quê? Não sei qual é a sua intenção, mas não me inclua nela. Não me lembro de nada daquela sala. Só da cadeira de ferro.

Mas Rubinho sentou-se outra vez. Bebeu o resto de cerveja do seu copo como um sinal de que aceitava recomeçar a conversa, mas a contragosto. Rogério pediu outra cerveja ao garçom.

— Quem eram aqueles caras? — perguntou. — Eu fui preso pelo Exército, mas eles não eram Exército. Nem DOPS. Quem eram?

— Era uma coisa clandestina. Tinha gente do Exército, gente da polícia, mas era informal, clandestino. Os empresários tinham feito um fundo... Diziam que alguns até participavam das sessões de tortura.

— Eu nem sabia o que eles queriam saber. Não pertencia a nenhum grupo. Apanhei para revelar o que não sabia.

— Do meu grupo, que eu saiba...

Rubinho fez uma pausa, depois completou, olhando para o copo:

— Só sobrei eu. Que eu saiba.

— Você continuou sendo torturado? Depois que não voltou mais para a nossa cela?

— Não. Na minha última sessão na cadeira de ferro perdi os sentidos. Acordei num hospital. Depois fiquei preso num quartel mais algumas semanas e me soltaram. E você, continuou a apanhar?

— Houve mais umas duas sessões. O Glenn Ford teve o cuidado de não me fazer mais sangrar. Dois dias depois da última sessão eu estava num avião para Portugal, a caminho da ilha do Sal.

— E agora? Você descobriu a tal sala. E daí?

— Eu comprei a tal sala.

— Comprou?!

— Comprei o prédio. É o que eu faço. Compro coisas passadas e transformo em coisas novas. Ou destruo e faço outras.

Rubinho continuava a olhar para o seu copo. Depois de um minuto, perguntou:

— Onde fica esse prédio?

* * *

Seu Afonso precisava de uma definição. Se não fossem começar a obra naquela semana, ele tinha outros serviços para a sua turma. E então estariam ocupados por dois meses, talvez mais. Rogério propôs que começassem a tapar os buracos e a raspar as paredes para a pintura mas não tocassem na sala de frente do primeiro andar. A do carpete.

— O senhor não acha melhor botar todo o prédio abaixo?

— Isso a gente vê depois.

— Vamos restaurar e pintar essa monstruosidade, e depois, talvez, demolir?

— É, seu Afonso. Quando eu decidir o que fazer, lhe aviso.

— Vamos ver no que vai dar — suspirou seu Afonso.

A mãe de Rogério costumava dizer que era um erro chamar velhice de "idade avançada". Era "idade atrasada", isso sim. E ela se transformara numa prova disso, esquecendo coisas, trocando nomes, comportando-se como uma criança. Ultimamente dera para resistir às frequentes idas à casa do irmão de Alice, que gostava de reunir a família com qualquer pretexto e sempre insistia na presença da dona Dalvinha, a sogra da irmã.

— Nós não somos do mesmo nível deles, Rogério. Eu não me sinto bem.

— Que bobagem é essa, mamãe? A senhora sempre gostou da família da Alice. E agora vai conhecer a casa nova do Léo. O lugar é muito bonito. Um condomínio horizontal, lindo.

— Eu não me sinto bem, meu filho. Ele é tão rico.

— Mamãe, eu sou mais rico do que ele.

— Eu sei. Mas mesmo assim.

Era aniversário do cunhado. No meio do churrasco, Léo gritou para a mãe do Rogério, que até ali recusara tudo o que lhe ofereciam e confessara para o filho, num cochicho, que esquecera como usar talheres:

— Dona Dalvinha, convença esse seu filho a tirar umas férias. A Alice diz que ele anda impossível.

— Ele sempre foi assim. Quando era garoto...

— Iiih — anunciou Amanda. — Lá vem a história do pêssego!

— Ele comia pêssego como se fossem roubar da mão dele. Sujava toda a camisa. Só faltava morrer engasgado com o caroço, por mais que eu avisasse.

De todos os desgostos que Rogério, o único filho, dera aos pais, incluindo o envolvimento em política, a prisão e o exílio, dona Dalvinha escolhera a história do pêssego para anular todas as outras. O pai de Rogério era carpinteiro. Morrera quando ele estava no exílio. Só ao embarcar para Portugal, com a roupa do corpo e o corpo ainda dolorido da tortura, o nariz ainda inchado, Rogério descobrira que o pai pertencia a uma organização religiosa com ramificações internacionais e através dela conseguira seu exílio, que iniciara em Cabo Verde. E só na volta ao Brasil descobrira que o pai lhe deixara uma razoável herança em dinheiro, com a qual começara a comprar propriedades para revender, e a enriquecer com a sofreguidão com que se atirara na política e comia pêssego. As cartas do pai para o filho exilado eram secas, mal-escritas. Ele tentava catequizar o filho, convencê-lo a esquecer a política e se dedicar à religião, e expiar o desgosto que causara nos pais. Na religião encontraria o que procurava com tanta ansiedade, a salvação, a justiça, o que fosse. Dona Dalvinha resumira tudo na história do pêssego.

O cunhado tinha convidado alguns dos seus novos vizinhos para o churrasco. Gente do condomínio. Um deles era um empresário aposentado, ainda vigoroso nos seus setenta e poucos anos, que apresentou como "Cerqueira, um fera no tênis". Cerqueira tinha um olhar de águia e uma cara esculpida em pedra, e depois do almoço, numa roda formada por espreguiçadeiras sobre o relvado, declarou para quem ainda estava acordado que não tinha escrúpulo de se declarar um direitista. Era de direita e se orgulhava disso. Marchara pelo Brasil em 64 e marcharia de novo pelos mesmos ideais. E mais. Achava que a história ainda faria justiça à revolução e ao regime militar, que tinham livrado o Brasil do comunismo e da anarquia e modernizado o país.

O cunhado levantou a cabeça, procurou Rogério por cima da borda da sua espreguiçadeira com um olhar malicioso e perguntou:

— Você concorda com isso, Rogério?

— Depois de um churrasco destes, concordo com qualquer coisa.

— Não. Sério.

— Concordo, concordo com tudo.

— Viu só, Cerqueira? O que faz o dinheiro. Nada mais de direita do que um esquerdista que enriqueceu.

Cerqueira não entendeu. Parecia não ter nenhum senso de humor.

— Não tem nada a ver com dinheiro. Não estávamos defendendo o capitalismo. Estávamos defendendo a liberdade. Quebramos algumas cabeças? Quebramos. Mas ninguém recebeu mais do que merecia. Eles queriam uma guerra e tiveram uma guerra. E perderam.

Rogério conseguiu enlaçar Amanda, que passava correndo pela espreguiçadeira junto com um primo e um menino mais velho.

— Me solta, pai!

— Fica um pouquinho com seu pai.

— Não posso!

— Então dá um beijinho.

— Saco. Toma. Pronto.

O cunhado estava contando que Rogério tivera problemas, durante o regime militar.

— Quem é Rogério? — perguntou Cerqueira.

— Eu aqui — disse Rogério, levantando o dedo.

— Sei — disse Cerqueira. E não quis saber dos problemas.

Rogério:

— Ouvi dizer que os empresários tinham um fundo para ajudar na repressão. Um fundo que financiava ações clandestinas.

— Nós ajudamos a reprimir a subversão. Não vou negar. Ajudamos mesmo. Nos engajamos na luta contra o comunismo, e fizemos muito bem. Um dia ainda vão nos agradecer.

Do fundo da sua espreguiçadeira, Rogério não viu quem disse:

— Mas os esquerdinhas estão de volta...

Podia ser o pai da Alice.

— O comunismo é como o resfriado — disse Cerqueira. — Enquanto não inventarem uma vacina...

Cerqueira tinha senso de humor, afinal. Continuou:

— Eles podem voltar, mas nós também ainda estamos aqui!

E ergueu o braço dramaticamente, como se empunhasse uma bandeira. Rogério ouviu risadas e aplausos de dentro de mais de uma espreguiçadeira. Cerqueira tinha fãs no condomínio.

— Mas hoje eles é que estão por cima, seu Cerqueira.

— É o que eles pensam!

E o cunhado contou que Cerqueira ia propor a instalação de um alarme no pórtico de entrada do condomínio para disparar toda vez que se aproximasse um esquerdista, mas que ele vetara a ideia por questões familiares. Mais risadas das espreguiçadeiras.

Já era noite quando voltaram para casa.

Amanda dormindo no banco de trás, com a cabeça no colo da avó.

— "Saco." Onde é que essa menina aprende a dizer coisas assim?

— O quê? Elas dizem coisas muito piores. Você não sabe porque quase não convive com ela.

— E quem era aquele garoto que não largava dela?
— É neto do Cerqueira. Aquele velho com cara de...
— Eu sei quem é. O neto deve ter uns 20 anos.
— Não exagera. Tem 14. Eu conheço a mãe dele.
— De onde?
— Do artesanato. Do cabeleireiro. A gente se encontra muito.
— Você convive com cada um...
— Ela é muito simpática. E essa é a nossa gente, Rô. É a nossa classe. É a sua classe.
— Minha, não. Eu só estou nela como ouvinte.
— Isso não existe, Rogério.
Do banco de trás, dona Dalvinha se manifestou:
— Seu pai dizia que os pobres ficarão com a Terra.
— Menos os condomínios fechados, mamãe — disse Rogério.

— Não sei. Puta que os pariu, não sei.
Rubinho tinha parado na porta. Já dissera "Não sei" várias vezes.
— É a mesma sala ou não é?
— Não sei. Eu não me lembrava do carpete.
— Olha ali a mancha de sangue.
— Como é que você sabe que é sangue? E que o sangue é seu?
— A cadeira de ferro era ali. Eu me lembro da mancha que ficou na frente da cadeira. Parecia o mapa da Austrália. E olha. Ali na parede. O Don Quixote.
— Onde?

— Ali. O perfil do Don Quixote, sem tirar nem pôr.
— Não estou vendo.
— Por amor de Deus. O nariz, a barba...
— É. Pode ser.
— Pode ser, não. É.
— Eu não vejo. E esta porta não era aqui.
— Claro que era. Essa porta dando para o corredor, a outra dando para o banheiro.
— Tem certeza?
— Absoluta.
— Não sei. Eu me lembrava de uma sala maior...

Ficaram conversando no quintal de terra batida na frente do prédio. Lá dentro, a turma do seu Afonso estava em ação, raspando paredes e obturando buracos. Menos na sala do carpete. Ordens do seu Rogério. Não tocar na sala do carpete.

— Me lembro de ficar olhando para a cara do Bedeu, tentando algum tipo de contato — disse Rogério. — Pensando em perguntar qual era o time dele. Qualquer coisa que nos aproximasse. Como brasileiros. Sei lá, como gente. E ele impassível, afundado naquele sofá. Era o único que a gente conhecia pelo nome, lembra?

— Mas ninguém tapava a cara. Ninguém usava disfarce. O Glenn Ford, o Wilson Grey... Era de cara aberta. Acho até que o Wilson Grey se barbeava por nossa causa.

— E usavam esta sala de frente. No primeiro andar. Não se importavam que ouvissem os nossos gritos. Sabiam que ninguém na vizinhança iria fazer perguntas.

— Mas nos vendavam os olhos para vir até aqui. Curioso, né? Não tinham problema em mostrar a cara mas não queriam que se identificasse o edifício. Se é que o edifício é este mesmo.

— Porque um edifício fica. Também envelhece e se deteriora, como as pessoas, mas fica. Continua onde estava durante toda a história. Fica para lembrar a história. Os Glenn Fords e os Wilson Greys e os Bedeus mudam de cara, desaparecem. Saem da história. São absorvidos pelas outras caras. Absolvidos pelo tempo. Pelo esquecimento. Mas um edifício fica. Para lembrar.

— Mesmo que não se saiba bem o quê.

Rogério continuou:

— Um dia, faz anos, eu até pensei ter visto o Glenn Ford na foto de uma solenidade na polícia. Alguém tomando posse ou coisa parecida e ele lá atrás, esticando o pescoço, se esforçando para aparecer na foto. Se esforçando para voltar à história, o coitado.

— Coitados de nós. Coitados dos quebrados. Eu contei que todos do meu grupo desapareceram? Esses, sim, saíram da história.

— Morreram?

— Não sei. Nunca mais soube de ninguém.

De novo o olhar desviado. Os olhos baixos.

Rogério não fez a pergunta: foi você que entregou?

— Você disse "Nada foi conquistado, nada foi purgado".

— Disse? Foi um descuido. Me emocionei e esqueci que não sou mais um intelectual. Queria dizer que só o que ficou daquilo foi a autopiedade. Foram estas nossas lamúrias. Nem cicatriz eu tenho. Pelo menos nenhuma que apareça.

— Mas alguma coisa aconteceu. Não só a nós naquela cadeira de ferro. Ao país, a toda uma geração. Foi isso que eu senti quando vi a mancha no chão. Porra! Alguma coisa tinha havido, e deixado uma marca. E esquecer isso era uma forma de traição.

Rubinho não gostou da palavra.

— E o que foi traído com o esquecimento? A nossa causa? Eu nem sei se a sua causa era igual à minha. O seu sangue? Você nem sabia por que estava apanhando e eles não sabiam que você não sabia. Foi isso o traído? É essa a história que não devemos esquecer, esse choque de ignorâncias?

Seu Afonso tinha saído de dentro do edifício em obras coberto de pó. A cara branca enfatizava o seu desconsolo cômico de palhaço. Parara ao lado dos dois e esperava a vez para falar. Rubinho continuou:

— Sabe qual foi a única coisa que eu consegui avisar para o meu irmão quando me prenderam? "Esconde o Lukács!" A casa estava cheia de indícios da minha participação no grupo e até de planos de ação do grupo, mas eu só me lembrei dos meus livros. Porque eu me sentia muito mais revolucionário lendo do que agindo. Entende? Era a minha forma de ignorância. Mas nem o Glenn Ford nem o Wilson Grey estavam muito interessados em estética marxista. O Bedeu, eu não sei.

Por isso você entregou o grupo, pensou Rogério. Foi a sua forma de traição. Mas não disse isso. Disse:

— O que é, seu Afonso?

— Doutor, não dá pra fazer nada que preste com esta monstruosidade. Vamos derrubar?

Rubinho respondeu por Rogério:

— Vamos.

— Calma, seu Afonso — disse Rogério. — Calma.

— Acho uma grande ideia, seu Afonso — disse Rubinho. — Põe tudo abaixo. É a única coisa a fazer com monstruosidades. Pôr abaixo, esquecer e começar tudo de novo. Sem vestígios do passado.

A adesão de um aliado não melhorou muito o humor do seu Afonso, que voltou para dentro do monstro ainda mais desconsolado.

— E afinal é ou não é a sala em que nos torturaram?

— Que diferença faz? O que você quer fazer com ela? Esquece. Põe abaixo.

— É ou não é?

— Meu voto é não. Mas, e se fosse? Não significa nada.

— Pra mim significa. Não sei o quê, mas significa. Tem que significar.

— Não significa. Nada mudou, nada avançou, nada foi purgado. Houve uma guerra que a vizinhança nem notou. Mal ouviram os gritos. No fim da guerra nenhum território tinha sido conquistado ou cedido e vencidos e vencedores pegaram seus mortos e seus ressentimentos e voltaram para os seus respectivos países, que é o mesmo país! Mais estranho do que guerras que não resolvem nada é essa nossa paz promíscua, vencedores e vencidos convivendo sem nunca saber bem quem é o quê. No Brasil é sempre assim, e sabe por que no Brasil é sempre assim? Porque você queria perguntar ao Bedeu qual era o time dele. Queria mostrar que vocês dois eram da mesma espécie, que só aquilo tinha importância porque a guerra era de mentira mesmo. Ou queria a vitória das boas almas: não ganhar, mas dar remorso no inimigo. É o que você quer agora. Quem sabe reconstituir a sala? Reproduzir a cadeira de ferro e o sofá, dar um brilho na mancha de sangue no carpete, encenar o Glenn Ford e o Wilson Grey nos dando porrada. Talvez convencê-los a desempenhar seus próprios papéis, já que estão aí, abandonados pela história. Depois de serem os personagens mais importantes das nossas histórias, os coitados. Uma reunião sentimental: você, eu, o Glenn Ford, o Wilson Grey e o Bedeu, juntos outra vez, para as novas gerações. Isso se algum de nós ainda estiver vivo, claro.

    Rubinho parou de falar. Tinha se exaltado. Se emocionado de novo.

    — Só o que eu quero é não esquecer. Esquecer é trair — disse Rogério.

    — A diferença é essa — disse Rubinho, em outro tom. — Você quer que seja a sala, eu não quero. Você quer se lembrar, eu não quero. Sabe por quê? Meu filho, o Sidnei, está tentando me ensinar a lidar com o computador. Ele sabe tudo, eu não consigo aprender. E ele me disse por quê. Disse: "Pai, você tem uma mente defensiva." É exatamente isso. Desenvolvi uma mente defensiva como um condomínio fechado. Uma mente com guarita, que abate qualquer inimigo na porteira. Novas técnicas, lembranças, ideias, tudo que possa perturbá-la e solapar sua burrice assumida é abatido na entrada. Durante algum tempo me refugiei no cinema, na literatura, depois resolvi ficar burro. Me refugiar na burrice. Meu único objetivo na vida é ser um simpático profissional até poder me aposentar. E do jeito que o Sidnei é bom no computador, acho que em breve ele vai poder nos sustentar e a minha aposentadoria virá mais cedo. Pergunta como eu vou acabar os meus dias.

— Deixa pra lá.

— Pergunta. Vou plantar macieiras. A família da minha mulher tem terras numa região alta e fria, ideal para maçãs. Quando não estou sendo simpático, inventando mentiras burras e promovendo eventos burros para os meus patrões, leio tudo o que posso sobre maçãs. São as únicas novidades que passam pela guarita sem serem abatidas. As macieiras serão o meu exílio tardio. Você se exilou da guerra, eu vou me exilar da paz. E estou até pensando em mudar de nome.

— Outro codinome...

— É. O último.

Despediram-se com promessas de se encontrar em breve. Os dois casais. Quem sabe um jantar? Alice precisava conhecer o "Marcello". Aquele pseudônimo era em homenagem a quem, mesmo? Ao Mastroianni? Não, ao repórter que o Mastroianni interpretava em *La dolce vita*, lembra? Claro. Quem poderia esquecer. Mas sabiam que nunca mais se procurariam.

Antes de ir para o seu carro, já cruzando o muro do quintal, Rubinho apontou para o prédio e gritou:

— Dinamita!

E Rogério sorriu e abanou, pensando "Pelo menos ele sabe que a culpa dele seria soterrada nos escombros. E a minha culpa, qual é?"

No sonho, ele escondia o rosto do pai, que dizia "Para onde eu vou voltar, sem a nossa fazenda? Eu preciso de um lugar para voltar!" Ele se contorcia, para escapar da cobrança do pai. Alice sacudiu-o.

— Que foi?

— Você estava tendo um pesadelo, Rô. Se debatendo. E com esses dentes trincados!

Rogério decidiu: mandaria demolir o prédio. Mas, antes de poder dar a ordem ao seu Afonso, teve uma surpresa. Foi procurado por Miro, que cumprira sua promessa e encontrara dados sobre os aluguéis no prédio herdado pela sua mãe. Aparentemente a velha era mais organizada do que se pensava e guardava toda a papelada em grandes latas quadradas de biscoito. Só custara um pouco a se lembrar que fazia isso, e mais um pouco para se lembrar onde estavam as latas. Os papéis, apesar de velhos, conservavam o cheiro bom das latas. Rogério descobriu que de 1968 a 1972 todo o primeiro andar do prédio tinha sido alugado por alguém, um homem, com atividade desconhecida que pagava em dia. O sobrenome do homem não era comum. Rogério sabia de apenas uma pessoa com aquele sobrenome.

— Flama não era um sócio do seu pai?

— Era. Meu Deus, o seu Flama. Há quanto tempo eu não ouvia esse nome. O seu Flama e a dona Ester. O Léo dizia que a dona Ester cheirava a velório. Só porque um dia foi a um velório e descobriu que o cheiro era igual ao da dona Ester. Por quê? Ele morreu?

— Não sei. É que...

— Espera aí. Morreu, sim. Já faz algum tempo. Acho que ela também.

— Ele foi sócio do seu pai de quando a quando?

— Ele fundou a firma com o papai. Tanto que, no princípio, o nome dele vinha na frente. Ficou na firma até, até... Não sei. Por quê?

— Nada. É porque eu vi o nome dele nuns papéis e não sabia se era a mesma pessoa. Arthur Flama.

— Que papéis?

— Uns papéis. Uma propriedade que eu estou vendo.

— Eles moravam num casarão. Acho que ainda é da família. Foi uma das primeiras casas com piscina da cidade. Não me diz que a casa está abandonada.

— Não, não.

— Aquela parte da cidade está se deteriorando. E já foi o bairro mais nobre. Como este nosso, que também está indo pelo mesmo caminho...

Rogério rodando pela cidade. Um cachorro faminto em torno do refeitório, esperando encontrar um naco do que ninguém mais quer, qualquer coisa cuspida fora. O alimento que o enriquece. O rebotalho da cidade. A sua causa misteriosa, que nem ele entende. Comprar o passado, renovar, vender e enriquecer mais. Ou comprar o passado, destruir, e pensar no que fazer com o vazio.

O vislumbre de uma fachada podre no meio de um quarteirão o faz entrar na contramão para investigar, e ele bate de frente num táxi. Alice não pode ir buscá-lo na oficina para onde levaram o carro porque tem a apresentação de balé da Amanda, ele esqueceu? Ele esqueceu. Rogério, você não pode continuar assim. Você ainda vai se matar. A ausência no balé lhe vale três dias de silêncio emburrado da Amanda. Amêndoa, Amandinha, Amandíssima, não odeie o seu pai. Vamos viajar, Rogério. Vamos levar a Amanda e viajar. Daqui a pouco ela entra em férias e poderemos viajar os três juntos. Você precisa passar mais tempo com ela, Rogério. Não precisa ganhar mais dinheiro. Já tem dinheiro que...

— Você perguntou ao seu pai?
— O quê?
— Sobre o Flama.
— Não, esqueci. O que você quer saber, mesmo?
— Em que período eles foram sócios.
— Por quê, Rogério? Me diz por quê.
— Só para saber. Só isso.
— Nós vamos lá amanhã. Pergunte você mesmo.

Almoço de domingo na casa dos sogros. Amanda não precisa de muito convencimento para repetir o seu número do balé. Todos aplaudem com entusiasmo e concordam que ela é uma grande bailarina. Depois do número, distraída, ela corre e se atira no colo do pai, que aproveita para beijá-la repetidamente como um fã frenético, fazendo-a rir. Subitamente ela se lembra, "Nós estamos de mal!", e pula fora. Rogério começa a dizer para o sogro que quer lhe perguntar uma coisa, mas este o interrompe com um gesto da mão e pergunta para a filha, do outro lado da sala:

— Você já falou pro Rogério da nossa ideia?

— Qual é a ideia?

— Estamos pensando em comprar um terreno no condomínio do Léo para construir e pensamos: por que não comprar dois terrenos e construir duas casas ao mesmo tempo? Diminuiria o custo. O que você me diz?

A sogra tem o seu argumento pronto:

— Para a Amanda seria ótimo. Estaria perto dos primos...

— Olha, eu até hoje não tinha visto coisa igual, em matéria de condomínio horizontal — continua o sogro. — Me apaixonei pelo lugar. E a segurança é total. Hoje em dia isso é primordial. E então?

— Não — diz Rogério.

— Não?

— Não, a Alice não tinha me falado na ideia.

— Bom, pensem a respeito. O Léo já viu dois terrenos ótimos. Perto do lago e perto do deles.

— Vamos ver.

— Pensem bem, pensem bem. O que você ia me perguntar?

— Não. Era sobre o Flama. Ele foi seu sócio até quando?

— O Flama? Deixa ver... Puxa. Um nome do passado... Por que você quer saber?

— É que, esses dias, eu vi o nome dele nuns papéis e fiquei curioso. Não é um nome comum.

— Arthur Jaguaré Flama. Não era um homem comum, também. Tinha convicções fortes. Nós todos tínhamos, na época. E o Flama era, um pouco, nosso líder. Nosso orientador. Se essa é a palavra. Um pouco celerado.
— Ele foi sócio da firma até quando?
— Até 81, 82, por aí. Depois se aposentou e morreu há uns dez anos.
O sogro subitamente se lembra do que sabe da vida de Rogério e olha-o com apreensão. Pergunta:
— Vocês andaram se cruzando por aí?
— Não, não. Eu não o conheci.
Do outro lado da sala, Alice, que não perdeu uma palavra da conversa, comenta:
— Ainda bem que esse tempo já passou.

Naquela noite, na cama:
— Que história é essa com o Flama?
— História nenhuma.
— Por que você quer tanto saber quando o papai e o Flama foram sócios?
— Curiosidade, Alice. Só curiosidade.
— Tem a ver com o edifício da mancha, não tem?
— Alice...
— Você ainda não demoliu o prédio, Rogério?
— Não. Vou demolir. Eu só...
— O quê?
— Eu preciso saber, Alice. Tente entender.
— Saber o quê, Rogério? Deixe o passado no passado. O que eu preciso entender?

— Alguma coisa aconteceu naquele prédio. Me aconteceu. Aconteceu pra nós todos.

— Mas já passou, Rô. Passou do prazo. Como um enlatado. Ficou tóxico. Hoje só vai nos envenenar. E pra quê? Por quê? Só porque você acha que é o seu sangue naquele carpete?

Rogério ergueu-se da cama e pôs-se a caminhar pelo quarto. Não era a primeira vez que fazia isso.

— Rô...

— A sala do carpete foi alugada pelo Flama. Todo o andar foi alugado por ele, entre 1968 e 1972. Ele ainda era sócio do seu pai. Eu fui preso e torturado em 70. Só aparece o nome do Flama, mas existia um grupo de empresários que financiavam a repressão paralela.

— Você acha que o meu pai era um deles?

— Não sei. Você não ouviu ele dizer, hoje? Todos tinham convicções fortes e o Flama era o "nosso orientador". Também era o que mostrava a cara, o que assinava os contratos de aluguel e fazia os pagamentos. Sempre rigorosamente em dia. Porque era o que tinha as convicções mais fortes. Mas o dinheiro não era só dele.

— E o que você quer, agora? Quer reparação? Quer vingança? Rô, só me diz uma coisa...

— E hoje estamos todos aqui, até pensando em morar juntos em volta de um lago artificial. Nossa paz é pior do que as nossas guerras.

— Me diz uma coisa.

— O quê?

— Vale a pena? Nos envenenar, envenenar tudo, deste jeito? Só porque você viu uma mancha?

— Não é só isso, Alice.

— É, Rogério. Só não é só isso se você não quiser.

— Morreu gente, Alice. Correu outro sangue.

— Faz muito tempo. Vem pra cama.

— Me sinto um traidor. Não sei do que ou de quem, mas um traidor.

— Isso passa. Vem pra cama.

— Você está me pedindo para esquecer.

— Não, Rô. Estou pedindo para você lembrar. Lembrar de nós, da sua filha, da sua saúde. Vem pra cama, vem.

E mais tarde:

— Rô...

— Hmm?

— Destrói aquele prédio.

Seu Afonso tinha encontrado uma espécie de motor, ou dínamo, enferrujado numa das peças de fundo do primeiro andar. Para o que serviria aquilo? Rogério disse que não sabia e anunciou que trazia uma nova ordem. "O senhor ganhou, seu Afonso. Pode demolir o prédio." Se a notícia agradou ao seu Afonso, isso não chegou ao seu rosto. Ele suspirou, deu de ombros, e entrou no prédio para mandar parar a raspagem e os retoques. Murmurando: "Vamos ver no que vai dar." Rogério ficou olhando o prédio de fora. Era realmente muito feio. Era monstruosamente feio e sem graça. Nada o redimia, não merecia ficar. Seus escombros, sim, serviriam para alguma coisa. Uma sepultura passageira, antes que também fossem retirados para o reaproveitamento do terreno. Uma breve tumba contendo o quê? O sangue de um, a culpa de outro e o remorso de ninguém. E um dínamo enferrujado.

"O que o senhor quer?" Pela primeira vez, no sonho, ele falava. "O que o senhor quer?" E pela primeira vez o pai não dizia nada. Só o acusava com os olhos. De tudo que ele não fizera. Do lugar para o pai voltar, quando tudo tivesse passado, que ele não providenciara. No fim do meu exílio você não pensou, diziam os olhos do pai.

— Você acha uma boa ideia, construir uma casa no condomínio do Léo?

— O que você acha?

— Eu confesso que não saio mais tranquila de casa, aqui no nosso bairro. Mesmo com os seguranças. E está tudo se deteriorando...

— Vamos ver.

— E para a Amanda seria ótimo. Ficar perto dos primos.

— Onde é que ela anda?

— Tinha uma festinha na casa do Dico.

— Dico. Esse eu não conheço.

— Conhece. É o neto do Cerqueira. São amiguinhos.

— Ele é um homem velho. Ela tem só 12 anos!

— Não é um homem velho. Tem pouco mais idade do que ela. E estão se dando muito bem. Aliás, ela achou péssima a ideia da viagem porque não quer ficar longe do Dico. Aonde você vai?

Ele tinha se levantado da poltrona mas não sabia para onde ir. Queria sair de carro, andar pela cidade, procurar edifícios mortos e jardins selvagens, inspecionar suas obras... Mas tinha jurado a Alice que pararia, que ficaria mais em casa. Rogério, o Demolidor, tentaria sossegar um pouco. Domar a sofreguidão. Pôs-se a andar pela sala, examinando tudo como se fosse a sua primeira visita.

— Rogério, liga a televisão. Vai ler um livro.

— Amiguinhos, amiguinhos... Não dizem que não existe mais namoro? Que já vai todo mundo pra cama, com qualquer idade?

— Sabe qual é outra boa razão para fazer uma casa no condomínio do Léo? Você vai poder fazer exercício. Caminhar nos bosques. Descarregar essa energia toda no tênis. Aposto que não vai mais dormir com os dentes trincados e ter pesadelos.

Tênis, pensou Rogério. Está aí uma boa causa. A última. Tênis. Não podia ser muito difícil. Era só emagrecer um pouco e voltar quarenta anos para buscar suas pernas. Iria aprender tudo sobre o tênis.

A demolição do prédio foi rápida. Seu Afonso contou: sabe aquela mancha no carpete, na sala da frente do primeiro andar? Atravessou o carpete e manchou o piso de madeira também. Rogério imaginou a mancha atravessando a madeira e o cimento e penetrando o chão sob o prédio, entranhando-se no chão sob os escombros. Todo sangue encontra o lugar da sua quietude. Onde lera aquilo? O lugar da quietude do seu sangue seria o esquecimento, embaixo da terra num bairro de surdos, quanto mais no fundo melhor. A traição desapareceria junto com o prédio. A traição viraria pó.

— O senhor mesmo vai construir aqui?
— Não, seu Afonso. Vou vender o terreno vazio.
— Não tem espaço para muita coisa...
— Talvez outra monstruosidade.

Seu Afonso suspirou.

Léo não podia se afastar da churrasqueira e pediu para o Cerqueira acompanhá-los até os dois terrenos. Era uma caminhada curta, sobre a relva. Os dois terrenos ocupavam uma elevação que começava na beira do lago. Cerqueira e o pai de Alice caminhavam na frente, comandando a subida. Talvez se conhecessem daquele tempo. Ou talvez o sogro não estivesse, afinal, envolvido nas atividades do seu sócio, o celerado Flama, naquele tempo. Mesmo tendo convicções tão fortes quanto as dele. Rogério não sabia. Também havia inocentes, naquele tempo. Os que não ouviam os gritos e os que não queriam ouvir. Agora não interessava mais. Estava tudo sepultado. E Rogério se sentia vitorioso. Tinha conseguido passar um braço pelos ombros da Amanda sem que ela o rejeitasse. E ela o abraçara pela cintura! Caminhavam assim, abraçados, na frente de Alice e da mulher de Léo, que subiam lado a lado, de braços cruzados, conversando, coisas de cunhadas, enquanto os dois filhos menores de Léo corriam à sua volta. Amêndoa, Amanda, Amandíssima, não era isto que eu imaginava para você, naquele tempo. Não era este país, não era esta falsa paz. Eu nem conhecia sua mãe e já pensava em você, e no mundo que eu queria lhe dar, naquele tempo. Você não existia e já era a minha causa. A minha primeira causa. Não consegui. Quebrei a cara. Ou quebraram o meu nariz. Em troca te dou este gramado, este sol, este lago, este país e este pai. Todos artificiais, mas o que se vai fazer? A nossa paz em separado. O país verdadeiro fica do lado de fora da cerca, mas os seguranças estão armados e têm ordens para atirar. E prometo que a nossa casa será a maior de todas. Enriqueci, Amêndoa. Desculpe.

Ele virou-se e perguntou para a mulher do Léo se era permitido fazer plantações no condomínio. O sogro ouviu e gritou:

— O quê? Rogério, o Demolidor, quer plantar?

— Que tipo de plantação? — perguntou Alice.

— Pensei em plantar macieiras.

— Macieiras?!

Cerqueira falou sem se virar. Com desprezo.

— Maçã só dá em lugares altos e frios.

Cerqueira tinha um perfil de águia e era o mais alto de todos. Apesar da idade, caminhava com mais energia do que os outros e chegaria ao topo da elevação primeiro. Eu vou te pegar, pensou Rogério. Vou aprender tênis, vou treinar com sofreguidão e vou te arrasar, velho filho da puta. Vocês não podem ser invencíveis em tudo.

No ponto mais alto dos terrenos Alice abriu os braços para a paisagem e disse:

— Olha que maravilha!

E Amanda confidenciou para o pai:

— Acho maçãs uma grande ideia.

Rogério beijou a testa da filha, quase em lágrimas.

No churrasco, Amanda advertiu:

— Não vai contar a história do pêssego de novo, vovó.

Dona Dalvinha não estava comendo nada. Mentira que tinha comido em casa. Cochichou para o filho que não se sentia bem com gente rica. O que o pai dele diria daquilo, daquela gente? Rogério lembrou-se de uma coisa e perguntou:

— Mamãe, tinha algum Alcebíades na nossa família?

— Claro. O seu tio Bia.

— O tio Bia se chamava Alcebíades?!

— Se chamava. Por quê?

— Nada, nada. Coma pelo menos a salada.

0 expert

O Nabokov tem uma história parecida, mas sobre xadrez. Esta não é plágio, no entanto. Digamos que é homenagem.

— Sessenta e três não foi um bom ano para esse vinho. Muito ácido.

— Que safra você recomenda?

— A de 65. Excelente, o bouquet, o tanino, tudo.

O outro provou o vinho.

— Você tem razão. Muito ácido.

— Mas não deixa de ser um bom vinho. Seco, mas com um substrato quase doce no final. O que os franceses chamam de *après-gout*.

— Exatamente. Já vi que você entende.

— Modestamente.

— Aceita um pouco?

— Não, obrigado.

— Ah, um purista.

— Não, não. É que eu não bebo.

O outro sorriu. Obviamente, era uma brincadeira. Uma das maiores autoridades mundiais em vinho não bebia. Boa aquela. Insistiu:

— Só um copo. Garanto que você será indulgente com este pobre 63.

— Mas não bebo mesmo. Nunca botei uma gota de álcool na boca.

O outro parou de sorrir; era sério.

— Mas como? Você entende de vinhos como ninguém e nunca botou uma gota de álcool na boca?

— Nunca.

— Não entendo.

— Eu conto.

O homem tinha sido preso. Não quis entrar em detalhes. Questões políticas. Lutava pela causa do proletariado, era contra a burguesia inconsciente e seu consumismo conspícuo, achava um absurdo alguém pagar uma fortuna por uma garrafa de vinho enquanto outros morriam de fome, acabara preso.

— Na prisão, não me deixavam ler nada. Aquilo, para mim, era a pior tortura. Sempre fui um leitor compulsivo. Não podia passar sem livros e revistas. Mas era proibido.

O outro serviu mais um copo de vinho. O homem continuou na sua mineral.

— Um dia, pedi uma Bíblia. Achei que aquilo eles não podiam me negar. Disse que queria me regenerar, fazer um exame de consciência, me encontrar com Deus. Na verdade, queria era alguma coisa para ler, qualquer coisa. Eles achavam que eu estava sendo hipócrita. Me negaram a Bíblia.

— Puxa...

— Tentei outro estratagema. Gritei que queria saber quais eram os meus direitos. Exigia que me trouxessem uma cópia da Lei de Segurança para eu saber exatamente em que artigos tinha sido enquadrado. Na verdade, só queria alguma coisa para ler. Eles riram de mim.

— Maldade.

— Pedi que trouxessem histórias em quadrinhos, jornais antigos, qualquer coisa. Nada. Me desesperei. Um dia revirei toda a minha roupa, o colchão da cela, o travesseiro. Sabe o que é que eu procurava?

— O quê?

— Uma etiqueta. Só para ter algumas letras na frente dos olhos por alguns instantes. Eu era como um alcoólatra que se contentaria só com o cheiro do álcool no ar. Mas não encontrei nada. Nem a pia nem a latrina tinham o nome do fabricante. Um dia, embora não fumasse, implorei por um cigarro. Um guarda me deu um. Rapidamente, procurei no papel do cigarro o nome da marca. Mas o papel era branco, liso, sem nem uma letra. Eu não aguentava mais. Então...

— O quê?

— Um dia me levaram para interrogatório. Me botaram de pé contra uma parede, os braços estendidos para os lados. Em cada mão eu tinha de segurar um peso e ficar assim, sem deixar cair o peso. Numa das mãos, eles colocaram um cadeira. E na outra... Eu nem podia acreditar...

— O que era?

— Um livro! Um livro pesado, capa dura... Fingi que desmaiava e caí abraçado com o livro. Até hoje não sei como consegui chegar com o livro à minha cela sem que eles descobrissem. Não posso descrever a minha alegria. Eu finalmente ia ver letra de novo. Palavras inteiras. Frases, parágrafos, pontuação... Sentir a textura do papel, o cheiro da tinta, o volume de uma lombada bem torneada na mão. Comecei a saborerar o livro. Só o título eu li e reli umas cem vezes, quase chorando.

— Que livro era?

— Uma enciclopédia de vinhos.

— Ah...

— Passei quatro anos lendo e relendo a enciclopédia. Decorei tudo. Quando aparecia um guarda, eu escondia a enciclopédia debaixo da coberta. À noite lia com luz de vela. De dia, lia de trás para diante e de diante para trás. Chegava a sonhar com o livro. Sonhava com vinhedos, com chateaux, com safras famosas... Até que um dia me soltaram.

    O homem tomou um gole de mineral. Sorria tristemente.

    — Você voltou à atividade política?

    — Não, não. Era outra pessoa. Meus companheiros tinham desaparecido, ou também tinham mudado. Eu precisava tratar da minha vida. Procurar emprego. Um dia, quando dei por mim, estava na frente de uma casa de bebidas, olhando a vitrine. E me dei conta que conhecia, intimamente, tudo sobre cada garrafa de vinho exposta ali. Tudo! Entrei na loja e comecei a percorrer as prateleiras. Era como encontrar velhos conhecidos. Rótulos que eu conhecia apenas da reprodução na enciclopédia ali estavam, ao vivo. Com o último dinheiro que tinha, comprei uma garrafa de bordeaux, um Saint Emilion menor. Levei para a pensão onde estava morando. Abri a garrafa, servi no copo que usava para escovar os dentes e não fui além do primeiro gole. Sempre tivera nojo de álcool e o meu gosto não mudara. Eu era um expert numa coisa que abominava.

    — E desde então...

    — Desde então me dediquei à crítica enológica. Hoje sou reconhecido mundialmente como especialista em vinhos. Escrevo para revistas de gourmets. As pessoas comentam o meu estilo irônico, o meu distanciamento aristocrático, e me imaginam um sibarita enfastiado. Aposto que meus velhos amigos da esquerda me consideram um traidor. Sou convidado para mesas de milionários — como a sua — e me comporto como um deles. Só que bebo mineral.

— Bem, vamos passar ao conhaque. Qual é o que você recomenda?

— Hennesy. Quatro estrelas.

A mulher que caiu do céu

1. A mesma ladainha

Começo do dia no apartamento da família Vieira. Dona Margarida, a mãe, acordou mais cedo do que os outros e tenta botar as coisas em movimento, como faz todos os dias. Chama o marido:

— Zé Roberto, olha a hora.

Chama a filha:

— Michelle, tá na hora, minha filha.

Chama o filho:

— Duda, acorda.

Ninguém se mexe.

Margarida tem uns 38 anos, Zé Roberto, quarenta e poucos. Michelle, 16, Duda, 11. O apartamento é pequeno, de classe média, mas tem três quartos.

Da cozinha, onde começou a preparar o café, Margarida grita:

— Zé Roberto, não é hoje que você tem uma reunião na firma? Olha a hora.

Margarida entra no quarto do Duda e sacode seu pé.

— Duda, tá na hora. Vamos, meu filho.

Duda só rosna.

Margarida entra no quarto da Michelle e também a sacode.

— Michelle, levanta. Aproveita que o banheiro está livre.

Michelle só rosna.

Margarida volta para o quarto do casal:

— Zé Roberto, sua reunião não é importante?

Zé Roberto produz uma frase ininteligível.

Margarida:

— Pelo menos esse está falando. Não sei o quê, mas está falando.

Colocando-se no corredor para ser ouvida por todos, Margarida bate palmas e grita:

— Vamos lá, pessoal. Já é dia. Ânimo! Coragem! Acordem! Desse jeito o Brasil não vai pra frente!

Depois, para si mesma, voltando para a cozinha:

— Ai meu Deus. Todo dia a mesma ladainha.

2. O ambiente

A família reunida na mesa do café. Zé Roberto lendo um jornal. Margarida pergunta a Duda quem vai levá-lo à escola.

— Hoje é dia da bruxa, mãe do Carlinhos.

— Duda, não fala assim da dona Ivana. Ela é uma ótima pessoa.

— Mas parece uma bruxa.

— Para a mamãe, todas as pessoas são ótimas — diz Michelle.

— E até prova em contrário são mesmo.

Zé Roberto, lendo o jornal:

— Prenderam um esquartejador de mulheres.

— Olha aí, mamãe – diz Michelle. — Esse também deve ser uma ótima pessoa.

— E poderia mesmo ser, se viesse de um ambiente familiar saudável, como o de vocês. O ambiente é tudo.

Michelle:

— Como é que você sabe que o Duda não vai ser um esquartejador de mulheres, quando crescer? A cara ele já tem.

Duda:

— O que é esquartejador?

Zé Roberto:

— Vamos acabar com essa conversa?

— Eu quero ser esquartejador! — protesta Duda.

— Tome o seu café – diz Margarida. – Já está todo mundo atrasado. A dona Ivana deve estar esperando.

3. Um beijo na bunda

Michelle e Duda saem do apartamento para a escola. Zé Roberto nota que Michelle esqueceu seu celular sobre a mesa do café.

— Olha aí, a Michelle esqueceu o celular dela. E tem uma mensagem... Onde estão meus óculos?

— Na sua cabeça, como sempre – diz Margarida.

Zé Roberto costuma colocar os óculos acima da testa e depois esquecer onde eles estão.

— Margarida, olha como termina a mensagem! Um beijo na bunda.

— De quem é a mensagem?

— Juca. Um beijo na bunda, assinado Juca.

— Eu não sei quem é esse Juca.

— Pois é alguém que está mandando um beijo na bunda da sua filha!

— Está bem, Zé Roberto. Não precisa ficar agitado desse jeito.

— Como não preciso ficar agitado? Tem um Juca que ninguém conhece mandando um beijo na bunda da minha filha e eu tenho que achar isso natural? Onde é que nós estamos?

— Você ainda está em casa quando devia estar indo pro escritório. Sua reunião não é às nove?

— Mas Margarida...

— Depois a gente fala sobre o beijo na bunda. Agora o importante é você não se atrasar.

— Mas um beijo na bunda, Margarida...

— Isso é o jeito dessa garotada falar. Aposto que o Juca nem conhece a bunda da Michelle. Ou são apenas bons amigos.

— Margarida...

— Vai, vai...

— Onde estão os meus óculos?

— Na sua cabeça, como sempre.

Margarida acompanha o marido até o elevador, deixando a porta do apartamento aberta. De dentro do elevador que chega sai uma mulher com mais ou menos 60 anos, carregando uma grande bolsa. Ela fica de lado enquanto Margarida despede-se de Zé Roberto com um beijo. Zé Roberto entra no elevador. Ouve-se o som da porta do apartamento batendo.

— Não! Bateu a porta e eu fiquei na rua!

A mulher que saiu do elevador sorri enquanto Margarida tenta, inutilmente, abrir a porta por fora:

— E agora? Como é que eu vou entrar?

— A senhora me permite? — diz a mulher, que gira a maçaneta e abre a porta.

Para espanto de Margarida, que agradece, maravilhada, e convida a outra a entrar.

4. Uma proposta inacreditável

Dentro do apartamento, as duas se apresentam.

— Margarida Nunes Vieira.

— Cremilda.

Margarida pede para Cremilda não reparar na bagunça, enquanto aumenta a bagunça fazendo o café. Cremilda detém Margarida, com alguma rispidez.

— Deixa que eu faço o café.

— Não, pode deixar que eu...

— Sente-se.

Margarida senta-se, intimidada. Com poucos movimentos, Cremilda faz o café e coloca na mesa para as duas. Margarida desculpa-se:

— Infelizmente, não tem mais pão.

— Tem sim — diz Cremilda, tirando dois pães da bolsa. — Vejo que a senhora está precisando de uma boa empregada.

Margarida diz que não podem pagar uma empregada. Cremilda sugere que façam uma experiência. Trabalhará de graça, como cozinheira e faxineira, até a situação da família melhorar.

— E se não melhorar?

— Aí eu saio perdendo. Mas eu prometo que vai melhorar.

E, antes que Margarida possa responder, Cremilda começa a pôr ordem na cozinha. Inclusive, sem que Margarida veja, Cremilda tira mais três ou quatro bisnagas de pão da sua bolsa e as guarda no armário. Pede para Margarida lhe mostrar onde fica o seu quarto.

Margarida, hesitante:
— Mas... Quando você pode começar?
— Já comecei.
— Mas você não precisa ir em casa, pegar suas coisas?

Cremilda mostra a sua bolsa e diz que ali tem tudo que precisa. Outra surpresa para Margarida.

5. Costeletinhas

Zé Roberto chega em casa.
Margarida:
— Você em casa a esta hora?
Zé Roberto de cara fechada.
Margarida:
— Como foi a reunião?
— A reunião foi ótima. Me chamaram para dizer que eu estou despedido.
— O quê?
— Despedido. Me chutaram. Com muita classe, com mil desculpas, mas me chutaram. Estou desempregado.
Surge a Cremilda e pergunta:
— Vai ter indenização?

Zé Roberto, atordoado:

— Vai, vai. Acho que vai.

Cremilda sai de cena e Zé Roberto pergunta:

— Quem é essa?!

Margarida explica quem é a Cremilda.

— Empregada, Margarida? E nós podemos pagar uma empregada? Ainda mais agora?

Margarida conta que Cremilda fez uma proposta inacreditável. Zé Roberto não acredita. Como a Margarida pode ser tão ingênua? A Cremilda quer trabalhar de graça até a situação deles melhorar? Quer é roubar tudo que eles têm.

— E nós temos alguma coisa para ela roubar, Zé Roberto? Até a nossa TV ainda é em preto e branco!

Zé Roberto insiste que Cremilda é obviamente uma vigarista. Não pode ficar ali nem mais um minuto. Reaparece a Cremilda e diz que já terminou de limpar os quartos e vai cuidar do almoço. Diz para Zé Roberto que vai fazer seu prato favorito, costeletinhas de porco com refogadinho de vagem e cenoura. Margarida avisa que não tem costeletinhas de porco em casa e Cremilda diz "Tem sim", antes de entrar na cozinha.

— Como é que ela sabe que eu... — diz Zé Roberto.

— Bom, ela fica até depois do almoço. Mas aí, rua.

6. O mistério do manjar branco

Toda a família na mesa do almoço. Zé Roberto saboreia a última costeletinha, fazendo "mmmm". Cremilda de pé ao lado da mesa:

— Todos prontos para a sobremesa?

Duda:

— Qual é a sobremesa?

— Pode escolher... sorvete com calda de chocolate...

Duda dá um pulo na cadeira:

— Minha favorita!

Cremilda:

— Ou pudim de laranja.

Michelle, batendo palmas:

— Minha favorita!

Cremilda:

— E para o dr. Zé Roberto, manjar branco igual ao que a mãe dele fazia.

Zé Roberto, perplexo:

— Como você sabe?

Cremilda diz para Michelle e Duda que eles terão sobremesa todos os dias se mantiverem seus quartos bem arrumados, como ela os deixou, mas que toda bagunça será punida.

Zé Roberto:

— Dona Cremilda, eu tenho uma coisa para lhe dizer. Por favor, não leve a mal, mas eu preciso fazer isto. A senhora já mostrou que é uma ótima empregada, uma ótima pessoa, uma cozinheira de mão cheia, mas a proposta inacreditável de trabalho que fez à Margarida é, realmente, inacreditável e me obriga a pedir que... que... a senhora... nos diga... O que vai fazer pro jantar?

— Eu estava pensando num pernil de cordeiro.

Margarida:

— Mas nós não temos um pernil em...

Cremilda abre a porta da geladeira, mostrando um belo pernil de cordeiro, e diz:

— Tem sim.

7. Quem é esse Juca?

Margarida e Zé Roberto na sala, cochichando para Cremilda não ouvir da cozinha.

— Essa mulher caiu do céu, Zé Roberto!

— Calma. Se ela tivesse caído do céu, porque cairia justamente na nossa casa? Essa mulher está querendo alguma coisa.

— Ela é perfeita!

— É perfeita demais. Como é que ela sabia que eu gostava de costeletinha de porco? E do manjar branco da minha mãe?

— Ela adivinhou.

— Como adivinhou? Aí tem coisa.

Michelle entra na sala e pergunta se alguém viu o seu celular.

— Seu celular? Ah, sim, sim, sim. Ele está aqui — diz Zé Roberto, e tira o celular do bolso. — Você esqueceu na mesa do café esta manhã. Aliás, com uma mensagem muito interessante na telinha, Onde estão meus óculos?

Margarida:

— Na sua cabeça, como sempre.

Zé Roberto, ajeitando os óculos no nariz:

— Uma mensagem muito interessante de alguém chamado Juca, que termina assim: um beijo na bunda.

— Pode me dar meu celular, por favor?

— Vou dar, mas antes preciso saber quem é esse Juca.

— É um amigo.

— Obviamente um amigo íntimo. Um amigo que beija a bunda.

— É só uma brincadeira, papai. Ninguém beija a bunda de ninguém. Pelo menos a minha ninguém beija. Me dá o celular?

— Eu gostaria de acreditar nisso, minha filha. Qual é o pai que não gostaria de ouvir que ninguém beija a bunda da sua filha? Mas nós não podemos conhecer esse Juca, para ter certeza?

Michelle, quase arrancando o celular das mãos do pai:

— Não!

Cremilda ouviu tudo da porta da cozinha.

8. Agente Araci

Saída da escola da Michelle. Cremilda, escondida, observa o movimento. Michelle e Juca saem da escola lado a lado, mas separam-se, depois de se despedirem com beijinhos nas faces. Michelle vai para um lado e Juca vai para o outro. Cremilda segue Juca, cuidando para não ser vista. Vê que ele se reúne com três ou quatro numa esquina e não é difícil notar que estão negociando drogas. Quando Juca se separa do grupo, Cremilda o segue. Aproxima-se dele e chama: "Juca", e, quando ele para e se vira, convida-o a tomar um suco porque precisam conversar.

— Quem é você? — quer saber o Juca.

Cremilda mostra, rapidamente, uma identidade.

— Agente Araci, Polícia Federal, combate ao tráfico.

Os dois entram num local de sucos e Cremilda diz:

— Vou lhe fazer uma proposta inacreditável.

E para o balconista:

— Dois sucos de caju.

9. O fim do Pacheco

Manhã no apartamento dos Vieira. Margarida levanta da cama e chama o marido.

— Zé Roberto, acorda. Está na hora. Dia de trabalho.

Zé Roberto faz sons ininteligíveis. Margarida sai do quarto e começa a ladainha.

— Michelle, levanta. Aproveita que o banheiro está livre. Duda, está na hora. Olha a escola. Acorda.

Ela entra na cozinha e vê, com surpresa, que Michelle e Duda já estão tomando café, servidos pela Cremilda. Volta para o quarto do casal. Chama:

— Zé Roberto, levanta. Está na hora.

Zé Roberto faz mais sons ininteligíveis, mais alto.

Margarida, se dando conta:

— É mesmo, você está desempregado. Não precisa levantar...

Cremilda aparece na porta do quarto e diz:

— Precisa levantar sim senhor. Para procurar emprego. Vamos, doutor. Ânimo!

Zé Roberto começa a se levantar, ainda zonzo. Margarida segue Cremilda até a cozinha. Diz:

— Nós esquecemos de comprar pão, ontem...

Cremilda mostra um cesto cheio de pão e diz:

— Pão é o que nunca vai faltar nesta casa, dona Margarida.

Ouvem tocar o interfone. Cremilda atende. Diz que tem um homem na portaria chamado Pacheco. Pode subir? Zé Roberto sai do quarto de pijama, cara de assustado.

— O Pacheco!

Cremilda:

— Mando subir ou não?

— Manda, manda — diz Zé Roberto.

Zé Roberto se coloca para receber o Pacheco, ainda de pijama. Cremilda vai abrir a porta. Entra Pacheco. É simpaticíssimo.

— Meu querido! — diz, ao apertar a mão de Zé Roberto.

Pergunta se Zé Roberto está doente. Sim, porque o procurou no emprego e lhe disseram que ele poderia ser encontrado em casa. É gripe? É grave? Na cozinha, Margarida e Cremilda escutam a conversa.

Cremilda:

— Quem é?

— É Pacheco, o agiota. O Zé Roberto tem negócios com ele.

Na sala, Pacheco está dizendo:

— Precisamos conversar sobre aquele nosso negocinho, querido. Você está me devendo. Os pagamentos estão atrasados. E você sabe: pagamento de dívida é como menstruação, se atrasar começa a preocupar. E eu estou muito preocupado, amigão.

Zé Roberto diz que vai pagar, que está em dificuldade momentânea mas vai pagar.

— Que bom — diz o Pacheco. — Senão eu teria que quebrar alguns dos seus ossos. À sua escolha, claro. Mas que bom que você vai me pagar amanhã.

— Amanhã?!

— Eu esqueci de dizer? Amanhã, a esta hora. É o prazo. E se cuide, parceiro. Essa gripe está matando.

Pacheco sai. Zé Roberto e Margarida se encaram. E agora? De onde vão tirar o dinheiro? Enquanto eles falam, Cremilda vai até a janela. Dali a um minuto ouve-se o ruído de um carro freando, uma batida, depois um grito de mulher, muitas vozes. Zé Roberto pergunta o que foi.

— O seu amigão Pacheco acaba de ser atropelado.

10. A troca

Saída da escola. Juca sai na frente, Michelle vem atrás e o alcança. Pergunta o que está havendo. Juca não a procura mais, parece estar querendo evitá-la.

— É que... me fizeram uma proposta inacreditável que eu tenho que aceitar, senão me ferro.
— Mas como, que proposta?
— Eu não posso ser visto com você, senão me ferro.
— Mas visto por quem?!
Aparece Cremilda, dizendo:
— Bom dia, crianças. Sr. Juca, tudo bem? Vamos, Michelle.
Cremilda sai quase puxando Michelle, que ainda grita:
— Me telefona, Juca!
Cremilda:
— Telefona não, Juca!
Cremilda e uma Michelle emburrada chegam em casa. Margarida as recebe, excitada.
— Michelle, vem ver. Olha que maravilha.
Na sala, em vez da pequena TV em preto e branco tem uma enorme TV a cores, ligada.
Margarida:
— Entregaram esta manhã.
Zé Roberto, maravilhado, mostra o controle que tem na mão:
— E com controle remoto!
Michelle:
— Mas quem foi que comprou?
Margarida e Zé Roberto se viram para Cremilda, sorridentes. Margarida, apontando para Cremilda:
— Alguém...

— Na verdade, foi uma troca. Eu levei a TV em preto e branco para o meu quarto e substituí por esta.

Michelle fica de boca aberta.

11. Muito estranho

Cremilda ajuda Duda com seu dever de casa na mesa da cozinha. Na sala, Zé Roberto, Margarida e Michelle, com a TV ligada, falam baixo, para não serem ouvidos da cozinha.

Margarida:

— As notas do Duda melhoraram muito depois que a Cremilda começou a ajudá-lo...

Michelle:

— E o meu quarto? Está sempre tão arrumado que eu tenho pena de deitar na cama pra dormir...

Margarida:

— Eu não faço mais nada dentro desta casa. A Cremilda faz tudo. Que mulher extraordinária!

Zé Roberto:

— Eu acho que ela é mais do que extraordinária...

Margarida:

— O que você quer dizer?

— Como é que ela sabia que eu gostava de costeletinhas, e do manjar branco da minha mãe?

Michelle:

— E os pães? Ninguém mais vai à padaria e a casa está sempre cheia de pães.

Margarida:

— Vocês acham que ela faz milagres? Que multiplica os pães?

Zé Roberto:

— Sei lá. Mas que essa mulher não é deste mundo, não é...

Margarida, pensativa:

— Ela abriu a porta da frente pelo lado de fora sem chave.

Zé Roberto e Michelle, juntos:

— O quê?!

Michelle:

— Não dá para abrir a porta da frente por fora.

Margarida:

— A Cremilda conseguiu. No dia em que chegou aqui.

Zé Roberto:

— Eu vou dizer uma coisa pra vocês. Achei muito estranho o Pacheco morrer atropelado daquele jeito depois de me ameaçar e sair daqui...

Margarida:

— Você acha que... foi ela?

— Alguém que consegue abrir a porta da frente por fora e multiplicar os pães consegue fazer qualquer coisa...

Cremilda aparece na porta da cozinha e diz:

— Estou fazendo pãozinhos de queijo pra comer com chá. Alguém se interessa?

12. Um telegrama!

Todos na mesa do café da manhã. Zé Roberto senta-se no seu lugar e vê que tem um pacotinho em cima do seu prato.

— O que é isto?

Cremilda:

— Um presentinho meu para o senhor, doutor. É uma correntinha, para pendurar os óculos no pescoço.

Zé Roberto não entende. Cremilda mostra:

— Para os óculos. Assim o senhor sempre sabe onde eles estão.

— Puxa, dona Cremilda. Muito obrigado.

Toca o interfone. Duda pula da mesa e vai atender. Diz:

— O quê?

Depois grita:

— O que é telegrama?

Todos na mesa se entreolham. Telegrama?!

Duda:

— Pode mandar subir?

— Pode, pode.

Michelle:

— Que coisa antiga. Ainda se usa telegrama?

Cremilda:

— Eu acho que é pra mim...

Ela vai para o seu quarto. O telegrama é entregue na porta. Cremilda emerge do seu quarto pronta para sair. Abre o telegrama, que lê rapidamente, depois diz:

— Como eu pensava. Vou ter que sair, dona Margarida. Alguém quer alguma coisa da rua?

Margarida:

— Se você puder comprar batatas...

— Já comprei, dona Margarida.

— Claro.

— Eu volto para fazer o almoço.

E sai, deixando todos intrigados com mais aquele mistério.

13. A Supervisora

Cremilda numa galeria. Entra por uma porta onde está escrito "Despachos". A recepção é modesta. Uma secretária diz "Ela está lhe esperando" e faz sinal para Cremilda ir entrando por outra porta, que leva a um escritório também apertado, com pilhas de pastas pelo chão e em cima de uma mesa, atrás da qual está a Supervisora. Que diz:

— Ah, Cremilda. Recebeu meu telegrama. Ótimo. Você já sabe qual é o assunto. Por que eu ainda não tive notícia da morte de (consulta um papel) José Roberto Vieira? Ele era para ter morrido há semanas.

— Pois é, pois é. Me atrasei um pouco...

— Um pouco? Exatamente (outra consulta no papel) 23 dias, dona Cremilda! Se eu não estivesse tão atarefada com todas as mortes que acontecem nesta cidade e eu tenho que supervisionar sozinha, porque lá de cima não me mandam nem mais verba nem mais pessoal, teria notado o atraso antes. Só fui notar agora, e me perguntei: o que a Cremilda está fazendo que não providenciou a morte do... (nova consulta) José Roberto Vieira?

— Vou lhe confessar, Supervisora. É que eu simpatizei com ele.

— O quê?!

— Simpatizei. Com ele, com a família dele. Com a mulher, que é um doce...

— Cremilda, há quantos anos você trabalha neste metiê?

— 640 anos. 641 neste novembro.

— E você alguma vez teve notícia da morte simpatizando com alguém? E poupando alguém por decisão própria? Não é você que decide quem vai morrer e quem não vai, Cremilda. Você só tem que cumprir sua tarefa, como todas as outras mortes que atuam nesta cidade, e às vezes precisam fazer até hora extra. Imagina se todas elas começarem a decidir quem vai e quem não vai. Esta semana mesmo morreu um que não era para morrer, morreu antes da hora agendada. Um tal de Pacheco. Alguém andou improvisando. Assim não dá. Tem que haver um mínimo de organização. Senão vira bagunça, e eu é que tenho que me explicar, lá em cima, com o risco até de ser despedida.

— Pois é, pois é. Acho que, nestes anos todos, eu amoleci...

— Amoleceu mesmo. Agora volte lá e faça o seu serviço. Amanhã sem falta quero ter a notícia da morte do sr. João Roberto. Do coração, do que você quiser.

Cremilda, desanimada:

— José Roberto...

— José Roberto.

14. O jeitinho

Tarde da noite. Zé Roberto sozinho na sala, vendo televisão. Cremilda entra:
— Quer alguma coisa, doutor? Um chazinho?
— Não, não. Obrigado. Senta um pouco aí, dona Cremilda. Seu jantar, como sempre, estava maravilhoso. As batatas sautée, então...
Cremilda senta-se ao seu lado no sofá.
— Obrigada...
Depois de um silêncio em que é flagrante sua indecisão, Cremilda começa:
— Doutor Zé Roberto, eu preciso lhe dizer uma coisa...
— Sim?
— Eu não apareci na sua casa por acaso. Na verdade, eu vim com um objetivo. Vim cumprir uma tarefa. Só que não consegui cumpri-la...
— Uma tarefa?
— Eu sou a sua morte, doutor Zé Roberto.
Ele não sabe o que dizer. Ela continua:
— Era para o senhor estar morto há semanas. Mas, sei lá. Cheguei e vi a dona Margarida se despedindo do senhor, vocês se beijando, a dona Margarida, estabanada como sempre, deixando a porta bater e ficando na rua... Depois conheci os seus filhos... E não consegui cumprir minha tarefa. E nem vou conseguir.
— Quer dizer que... Eu não vou morrer?
— Se depender de mim, não. Pelo menos não agora.

— Mas se você não cumprir sua tarefa, o que acontece?

— Eu perco o emprego. Aí seremos os dois desempregados...

Os dois riem, depois ficam sérios. Zé Roberto pergunta:

— A morte do Pacheco, o agiota... Foi a senhora?

— Modéstia à parte, foi. Tive que improvisar.

— Agora eu entendo como a senhora sabia do manjar branco da minha mãe..

— A morte de uma pessoa está com ela desde que ela nasce. O senhor só não tinha me visto ainda, mas eu estive com o senhor durante toda a sua vida.

— E agora? Eles não podem mandar outra morte para me pegar, já que você falhou?

— Não. Iiih, trocar de mortes dá um trabalhão. Só a burocracia leva anos. E eu estarei aqui para proteger vocês.

— E o que faremos, os dois desempregados?

— Acho que dá para dar um jeitinho...

15. A padaria

Uma padaria, com os dizeres "Padaria do Zé" e "Pão sempre fresquinho" escritos na frente. Zé Roberto e Margarida atendendo no balcão, felizes da vida, e Cremilda no fundo, coberta de farinha, produzindo pães e mais pães como por passes de mágica.

Zé Roberto:
— Onde estão meus óculos?
Margarida dá uma risada e aponta:
— Pendurados no seu pescoço.

Conheça mais sobre nossos livros e autores no site
www.objetiva.com.br
Disque-Objetiva: (21) 2233-1388

Este livro foi impresso na
LIS GRÁFICA E EDITORA LTDA.
Rua Felício Antônio Alves, 370 – Bonsucesso
CEP 07175-450 – Guarulhos – SP – Fax: (11) 3382-0778
Fone: (11) 3382-0777 – e-mail: lisgrafica@lisgrafica.com.br